ようさま

原 あやめ

ゆいぽおと

ようさま　もくじ

第一章　沓掛村

その1　曲がり松……8
その2　おばばさまの家……16
その3　再び曲がり松……28
その4　瀬戸村にて……34
その5　金之丞……44
その6　濃尾地震……51

第二章　花あかり

その1　産声……58
その2　もらい乳……69
その3　縁談……80
その4　芝居見物……85
その5　嫁入り……95
その6　お葬式……108

その7　不信……115
その8　思いがけない別れ……123
その9　近衛騎兵誕生……130

第三章　禍福は糾える縄のごとく
その1　おっかさま……136
その2　金次郎……146
その3　直太郎……156
その4　お比佐……173
その5　お亜以……180
その6　増五郎……188

第四章　旅立ち
その1　主のいない家……206
その2　愛しい夫……218

その3　鷹揚な妻……………………223
その4　弟の縁談……………………232
その5　故郷を離れる………………238

第五章　新しい土地で

その1　八丁通………………………244
その2　小栗風葉のことなど………255
その3　裏切り………………………264
その4　誕生…………………………270

あとがき………………………………276

ようさま

原　あやめ

第一章　沓掛村

その1　曲がり松

沓掛村と水野村の境には、大きな曲がり松がある。その幹は奇妙な形に折れ曲がり、はすかいに天へ向かっている。その昔、源敬公（徳川義直）がお亡くなりになった際、天も涙して落雷が起き、健やかに育った松の若木が折れ曲がってしまったのだという。この松がお與喜《よき》のお気に入りの木であった。

お與喜は木に登るのが好きだ。高いところに上がれば、地に立っているよりも天が近づいて見える。数え八歳の小さい体は、枝と枝の間をするりと抜けることができたし、針のような松葉も一時その痛さを我慢すれば、それほどは苦にならない。傾斜した幹には、瘤が程よく足場を作ってくれ、小さなお與喜でも高く登れるのだった。

「ようさま、また、そんな木に登って。おっかさまに叱られるがね。おてんばようさまと小作のおばさんたちが陰口きいとらしたわん」

姉のお沙希が呼びに来た。四歳年上の姉は、長女に生まれたせいか、何事にも大人である。やんちゃな妹に対しても、いつも母親のように注意する。お與喜という名前は少し呼びづらいため、周囲のみんなも、姉のお沙希も、お與喜のことをようさまと呼ぶのであった。

妹を見上げるお沙希の顔に、夏の訪れを予感させる強い日差しが当たっていた。眩しくて目を細めているから、目は糸のように細く、垂れ下がった眉と平行な八の字になっている。

「今日はいいもの穿いてきたから、下から見られても平気だぞね」

と、お與喜は着物の裾をめくって見せた。明治二十年のこのころ、女は下穿きをつけなかった。腰巻だけである。だから、女は木などには登れない。それなのに、お與喜は登る。おっかさまから注意されても登ってしまう。

木に登るのが女にとって不利なのは、隠しどころが見えるからだけではない。松葉の針でうっかり刺したりすれば、とんでもない痛さに見舞われる。虫などが入っても大変だ。そんなことお與喜はすでに体験済みでよくわかっている。だから、今日は自分で手拭を縫い合わせ、男衆の秀さの股引を短くしたようなものを作ってきたのだった。

「あら、ま。その下穿き、ようさまが自分で作ったのかん。ふーん、確かにそれを穿いていると、あそこが見えやせん。お前は勘考するところがえらいね」

お沙希は素直に驚いた。彼女には、とても気のいいところがある。

「姉さまも作って穿けば」

「いやわ。そんな気色悪いもん、穿かんわ。木登りなんて、やらへんし」

お沙希は恥ずかしそうにうつむく。上から見ても、お多福顔は変わらない。ますます眉毛が八の字に下がって見えた。お與喜は指で八の字を作り、自分の眉の上にかざす。

「あ、また、からかう」

姉は、負けじと、妹のげじげじ眉の形に指で逆八の字をかたどって見せる。そうしながら、わっと泣きだした。下がり八の字眉は、彼女の最も気にしているところである。お與喜も、げじげじのように太い上がり眉を気にしてはいるが、姉ほどではない。おまけに意地っ張りだから、めったに泣かない。だから、喧嘩するといつもお與喜が勝つ。だが、姉のことは大好きだ。怖いおっかさまからかばってくれるし、とにかく優しい。

お沙希は、すばやく袂で涙を拭いた。

「ようさまったら、意地悪。今日はね、いいところへ連れて行ってあげようと思って、呼びにきたのに」

「いいところって」

「先ほど、秀さが水野村のおばばさまの家へお使いに行って、聞いてきたがん。金叔父さまがおもらいになったお嫁さまのお従妹が遊びにいらっせたって、話よ」

「ふうん」

「お従妹はね、お菊さまって名前やげな。まるでお姫さまみたいな方なんやと」

「ふうん」

「きれいなお駕籠に乗って、お供をいっぱい引き連れてござらっせたそうやわ」

金叔父さまというのは、二人の母お礼の弟、金之丞のことである。母の実家はこの曲がり松から水野村の方へ下って、半里ほどのところにある。その加藤家は代々、この源敬公の墓所のある、尾張の国の定光寺近辺に住み着き、御廟番やらご案内役やらを務めている家であった。

一方、お與喜たちの父、松本柴三郎は水野村と隣接した沓掛村の山方同心である。名字帯刀を許されてはいるものの、藩の中の身分は低かった。明治維新後には卒族として登録されており、一応は士族扱いではあるが、禄高は、父久右衛門、柴三郎それぞれに終身七石六斗という微禄であった。ただ、沓掛村には代々の山方同心の屋敷が立ち並び、ほとんどが縁続きである。加藤家、松本家とも初代は元和九年に死亡した水野三郎左衛門であり、三代の水野喜右衛門は、源敬公御代役を務めている。その後、それぞれに分家して苗字を変えているが、同族婚姻を繰り返した家であった。

叔父の加藤金之丞は、三月ほど前、美濃の国、多治見から嫁をもらった。やはり親戚筋に当たる家で、陶器の豪商、西浦家の分家の娘お志野である。西浦本家は維新後、西欧に負けない陶磁器の生産をはじめ、今や豪商となった家である。一時期は銀行も経営し、フランスの万国博覧会にも西浦焼として、精巧な焼き物を多数出品して、話題となった。お與喜の生まれた年の明治十三年には、明治天皇が西浦家の離れにてご休憩されたという。それにより、この家のあたりを御幸町と呼ぶのであった。

お菊さまは本家の長女であり、同い年のお志野とは格別に仲が良い。それで、お菊さまは、ちょいちょい、お志野の婚家先を訪れるのであるが、さすが、豪商の娘らしく、ずらりとお供を引き連れて、現れるのであった。

「なあ、ようさま、一緒に見に行こまい。わしらは、お嫁入りのとき、子供は邪魔だからと呼んでもらえなんだやらあ。お志野さまが、どんなにきれいなお嫁さまか、見てみたいとは思わんかん」

お沙希は、すでに十二歳、お嫁入りに胸をときめかす年頃になっている。

「お志野さまは、きれいな方なのかん」

「ええ、おっかさまが感心しとらしたじゃろう。それに、輪をかけて、お菊さまはきれいなんやと」

「わしはどうでもええけど、姉さまが行きたければ、一緒に行ってもええわん」

お與喜はこくりと、うなずいた。

二人の家のある沓掛村は、水野村の北に隣接する。水野村との村境より半里ほどの山の中腹に、一族が固まって住んでいる。その中でも、松本家は広い田畑も所有し、実質は身分の高い藩士よりも裕福であった。二人はこっそりと部屋に戻り、身支度をすることにした。

いくらお菊さまたちを覗き見するだけといっても、おばばさまの家に行くわけだから、縮緬のよそいきを着ていくべきか。かといって、お祝い事の日でもないので、二番手の外出着を着るべきか。それにしても、今日は暑い。迷った末、姉のお沙希は三番手の白麻の絣を選んだ。これくらいなら、おっかさまに出くわしても、なんとかごまかせるだろう。おっかさまは、今日は朝から、実家の接待に借り出されているはずであった。お沙希はお與喜にも単の紬の着物を着せ、顔もきれいに拭いてやった。

簡単な昼食を済ませると、お與喜は姉に手を引かれて屋敷を出た。村境の曲がり松まで半里、そこから、おばばさまの家まで半里、約一里の道のりである。すでにお與喜もお沙希も午前中に、曲がり松まで往復しているから、二人は、二里ほども歩くわけであった。

曲がり松までの途中、父親の柴三郎が耕している畑の横を通る。田んぼの大半は小作の百姓や、男衆にやらせているが、唯一父が耕している菜畑があった。畑の中央に鍬が地面にささったままになっている。

「あっ、おとっさまがおられる！」

お與喜が指差した。

「あらら、困った」

お沙希は叱られるかと身をすくめた。だが、お與喜は、すでに父親に向かって手を振ってしまっていた。

柴三郎は、畦に腰をかけて休んでいた。

「おとっさま」

お與喜が飛ぶように近づいていくのを、笑って待っている。

「おとっさま、またご休憩なのかん」

お與喜の言葉に、父は苦笑いした。

「わしは、すぐ息が切れるから、休んでおるのよ」

そばで、男衆の源じいまでが笑いだした。維新後、帰農策にしたがって、自らも百姓をはじめたものの、華奢で体の弱い柴三郎はまるっきり、百姓仕事には向かなかった。

「柴さまの鍬は土の中で休んでいるか、体のつっかい棒になってござる」

小作の百姓たちが噂しているのを彼は知っていた。仕方なく、田畑はまた小作の百姓たちに任せて、寺子屋を始めたが、それだけでは面白くない。ここのところ、柴三郎は迷っていた。田畑を思い切って手放し、その資金を元手に南の瀬戸村へ出て米屋でも始めるとしようか。だが、この決心は、妻にも、子供たちにも、無論、父の久右衛門にもまだ、告げてはいない。

「二人とも、おしゃれをして、どこへ行かれるかな」

柴三郎は静かな口調で尋ねる。

「おばばさまのお家へ行くの。お菊さまとお志野さまを覗いて来まするわん」

あまりに、お與喜が天真爛漫に答えるので、姉のお沙希が慌てている。父は、そんな二人を優しく見つめた。

「おばばさまの家に行くことは、おっかさまに許しを得ているのかな」

「いいえ」

お沙希は消え入りそうな声で答えた。

「ふむ、それはまずいな。あちらには、おっかさまが出向いておられる。見つかったら、また、叱られるぞよ」

　お礼のしつけの厳しさを父は、よく知っていた。大声こそ出さないが、娘たちが言いつけを守らないようなときには、二の腕や太腿をつねり上げる。時として、鬢の毛をむしることもあった。しょんぼりするお沙希に父が訊く。

「そんなに、お志野どのやお菊さまが見たいか」

「はい」

「なぜじゃな」

「姉さまは、お志野さまやお菊さまにあこがれておられるの。お嫁さまになりたいそうやわん」

　お與喜がまた正直に答える。泣き虫のお沙希の目から、涙がほろっとこぼれた。

「お沙希、泣かんでもよいぞ。そうか。おぬしもお嫁さまになりたい歳になったか」

　父は優しくうなずいて、手を打つ。

「そうじゃ、この菜を持って行ってはどうだ。わしの使いとしてな。今年は、源じいの助けもあっていい出来だ。このささげの緑もきれいな色じゃろ。源じい。笈籠に山盛り詰め込んで、付き添って行ってはくれんかな。どうじゃ、名案だろうが」

　父の言葉で、お沙希は元気を取り戻した。

　二人は、笈籠を背負った源じいをお供に、水野村へ出かけた。

その２　おばばさまの家

水野村へ行く道は、山躑躅が満開であった。紫がかった濃い桃色の花が、至るところに咲いている。時折、木々の枝にしがみついた藤の花が花簪のように垂れ下がり、美しかった。

「あれ、ほしい」

お沙希が言うと、源じいが、ふた房取ってくれた。藤の花は、白から紫へ順にぼかしたような色合いで、どこかなまめかしい風情がする。お沙希は、ひと房を、自分の桃割れの髷に挿してみた。お與喜の稚児髷にもつけてあげようとすると、

「わしは、いらん」

お與喜が払いのける。

「どうして、いらんの。つけると可愛いよ」

「だって、似合わんもん」

お與喜が首を振る。

「おっかさまが、うちの娘には、花簪は似合わんと、言っとらしたもん」

「ようさま、あのときのこと、覚えていたのかん」

お沙希はため息をつく。

そういえば、金叔父の婚礼の夜だった。婚礼から帰ってきた母のお礼が、その日、風邪で欠席してしまったおとっさまに報告をしていたのだ。

「なんとまあ、きれいなお嫁さまだったこと。天下一の花嫁で、ござりましたわ。金之丞もさすがに嬉しそうで、あれなら、アメリカ移民団に加わって、一旗あげてくるという、あの子の口癖も治まるでしょうよ」

「ほう、そうか」

「はい、おかげさまにて。小作の管理だけしておれば、暮らしていけるというのに、あの子は、自分で何かを成し遂げたいと、途方もないことを申すのですよ。事業を起こすほどの資金は、ござりませんしね」

「男ならば、夢を見るものではないかな」

おとっさまが言う。

「四十路近うなったわしらでも思うのに、ましてや金之丞どのはまだ二十五歳。この新しい時代に即した生き方がしたいだろうよ。武士の時代でなくなってから、もはや二十年。古の御廟番、御代役の名にしがみついてもおれんじゃろう」

「ええっ、では、旦那さまも、そう思われますかん」

「わしは、体が弱いからな。まだ思案中じゃ」

おとっさまは、咳き込んだふりをして、話を替えた。

「そうか、お志野どのはそんなに、美しかったか」

「はい、それはもう美しゅうござりました。お従妹のお菊さまも婚礼に来られましたが、こちらは、またいっそう輪をかけて、今を盛りの花とも見まごうばかり。それにしても、旦那さま、元のご先祖は一緒なのに、どうして、こうも器量が違うのでしょうね」

おっかさまは、おとっさまのお湯を運んできた、娘のお沙希の顔をまじまじと、覗き込む。

「とくに、この子は、こんなお多福。こんな顔で嫁にいけるものでしょうか」

おっかさまのあまりにはっきりした物言いに、お沙希はその場に固まってしまった。おっかさまはとても物静かな人だが、じわりと傷口をえぐるような物言いをすることがあった。根が意地悪だからだと、お與喜は思っている。

「これでは、お嫁入りの花簪など似合いませんよ。それにお與喜もお多福じゃないけど、こう男みたいな勇ましいげじげじ眉に、おっぴろがった鼻じゃあ、兵隊の口のほうがかかりますよ」

次に固まったのはお與喜だ。我儘で癇癪もちの四歳の妹お亜以と、一歳になったばかりの這い回るお比佐をあやしながら、一日中子守のお手伝いをしたのに、この言い方はないと思う。おっかさまは、なぜかお亜以を猫かわいがりしているけれど、お亜以も、顔つきはお與喜と大差ないのである。

何かひと言ってやろうと、お與喜は身構えた。でも、八歳の彼女には、適当な言葉が見つからない。それに、おとっさまが、寝床から、こちらに目配せをしてきたのだ。

（何も言うなよ。放っておけ）

おとっさまの目は、そう言っていた。

お沙希は、父の目を見なかった。おとなしい彼女も限界だった。

「そんなみっともない娘を誰が産んだ」

お沙希はそういい捨て、部屋を出る。彼女としては、精一杯の抗議であった。

今度固まったのは、おっかさまだった。おっかさまは何も言わなかった。大きな声も張り上げなかった。だが、お沙希は、それから一か月ほど、おっかさまから口を利いてもらえなかった。

そういう性格だから、お與喜はおっかさまがあまり好きではない。おっかさまだって器量良しとはお世辞にも言えない。まあ、お沙希ほどではないが、ほとんど同類である。八歳のお與喜でもそう思えるほどであるから、確かである。だけど、お與喜はおっかさまには、そんなこと口が裂けても言わない。お與喜は小さいながらわかっていて、おっかさまには反抗しない。反抗するだけばかばかしいと思う。おっかさまは、おとっさまよりも人物が出来てないから、期待するだけ無駄なのである。

お沙希は、何度意地悪されても、おっかさまを慕ってしまう。そこが、彼女の人の好いところで、反抗しては叱られ、いつも泣いてしまうのだった。

「わしら、そんなに花簪が似合わんかねえ」

お沙希が、惜しそうに藤の花の花簪を引き抜いた。

「そんなもん似合わんでも、わしは姉さまが好き」

お與喜は姉に抱きついた。お沙希は何も言わずに、抱きしめ返した。彼女の髪から、藤の甘い残り香がした。

二人は仲良く手をつなぎながら、道を歩いた。おばばさまの家には、思ったよりも早く着いた。おばばさまの家の頑丈な門の扉が、今日は開け放たれている。それでも、源じいは、いつもの裏口のくぐり戸から入っていった。お沙希もお與喜もそれに従った。

入り口を入ると、土間が奥までずっと続いていて、向かって左手にはお座敷や仏間へと続く畳の間が、右手には家族が集まる囲炉裏の間が分かれている。土間にまるで、お殿さまでも乗られそうなきれいなお駕籠が置いてあった。お駕籠には、朱色の大きな房がぶら下がっている。お沙希とお與喜は、きれいな房にそっと触れてみた。

「おお、お沙希さまとようさまか。八十日目《やっとかめ》だったのう。よう、いりゃあしたな。足は痛くはなりゃあせなんだか」

台所の板敷きの間から、小柄で、丸々と肥えたおばばさまが転げるように出てきた。白髪の交じった髪を茶筅に結い、今日はお被布姿で、おめかしをしている。おばばさまには大勢の息子と娘があり、孫も二十人からいるのだが、誰ひとりとして、名前を間違って呼ばないのが、感心なところである。この加藤家の習わしなのか、孫までも、外で育った子にはさま付で呼ぶのが常であった。

「まあ、お前たち、何用なの」

続いて出てきたのは、怖いおっかさまであった。

「あ、あの、おとっさまの菜をお届けにまいりました」

お沙希は、おずおずと答える。

「今日は、わしがお手伝いに出ておるから、お前たちは、家でお手伝いをしてくれなくては困るじゃないか。お亜以やお比佐のお守りはどうなったのかん。ばあや一人では、台所とお守りの両方は大変でしょうが」

おっかさまの相変わらず棘のある物言いに、まあまあと、おばばさまは割って入る。

「せっかく来てくれたに、ええじゃないか。金之丞はお沙希さまとようさまが大好きだから、喜びまするぞな。さあ、早うあがりゃあせ。金之丞のお嫁さまに会わせてあげましょうな」

おばばさまの福々しい笑い顔に、お沙希もお與喜もほっとする。おっかさまも機嫌を直し、二人を引き連れて、座敷に向かった。途中の畳の間に、お菊さまが連れてきたお供らしい人が五、六名、並んでお膳を囲んでいた。その人たちに会釈をしながら、横を通り抜けていく。

「それにしても、お沙希。自分で夏物を選んで身支度できたのはえらかったのう。お與喜にも、上手に着替えさせておくれだったね」

おっかさまが、珍しくほめた。お沙希は嬉しくて、真っ赤になる。今日は、おっかさまも、どこか華やいだ気分になっていて、いつもより優しく見えた。

お菊さまは控えの座敷でくつろいでいた。金之丞も嫁のお志野もそこにいて、和やかな雰囲気で談笑している。下宿して名古屋の中学に通っている、末の叔父、銀四郎の顔も見え、にぎやかであった。

「お集まりは、一の座敷じゃないの」

お沙希がそっと訊くと、おっかさまが、

「嫁の従妹ですもの、お殿さまのお越しとは区別せねば、いけません」

と、小声できっぱりと答えた。座敷の床の間に、お菊さまのお土産らしきものがずらりと並んでいる。大小の四角い桐の箱に入ったものは、西浦焼であろうか。紫色の織りの紐がそれぞれ十字に結ばれていた。畳の上に朱色の布が無造作に広げられ、乳白色の見たことのない小鉢が置いてある。みんなで、眺めていたらしかった。

「きれい」

お與喜はその不思議な半透明の小鉢に惹きつけられた。それは、かすかに青みを帯びて、お與喜がまだ見たことのない海を連想させた。

「おや、来る早々、ギヤマンに目をつけるとは、小さいながらもおぬし、目が肥えてござるな」

金之丞が陽気に言った。

おばばさまの紹介で、お沙希もお與喜も、お志野さまとお菊さまにご挨拶する。お志野さまはとても優しげで可憐な野菊のようなお方だと、お與喜は子供心にも思う。夏用の絽の絣を楚々と着こなし、たっぷりとした丸髷が初々しかった。一方、お菊さまはいっそう華奢ながら、どこかあでやかでほんのりとした気品があり、藤の花のようなお方である。薄手の絽の生地に、色とりどりの花を刺繍した振袖姿で、お姫さまと見まごうばかり。ちょっと遠慮がちに小さめに結い上げた島田が可憐であった。お與喜はただ見とれた。横では姉のお沙希がぽかんと口を開けて、夢中で二人をながめている。姉の人の好さそうなお多福顔と見比べると、小さいお與喜から見てもまるで人種が違うように思えた。

「まあ、わが娘らは、お前さま方に見とれてござりまするぞな」

おっかさまが、珍しく快活な調子で、お志野さまに話しかける。それに、お志野さまが「あらあ」とはにかんで恥じらう様子も、いっそう可憐に見えた。

「娘らは、本当に田舎者で、申し訳ござりません。特に、お與喜は少し変わり者でしてね、どんなおてんばに育つことやら」

「ようさまは、木登りも得意だもんな」

金叔父が言う。

「もっとも、木登りを教えたのは、わしだぞな」

「また、悪い遊びは、みんなお前さまが教えるのじゃないか」

みんなが笑う。姉のお沙希が、

「ようさまは、木登りのために、下穿きを工夫して身につけておらした」

と、すっぱぬいて、ほうと、みんなが感心した。調子に乗ったお沙希は、お與喜が工夫した下穿きがどんなものだったかを詳しく話してしまう。

「ま、手拭を四枚も縫い合わせて作りゃあしたのかのう。それは、確かに名案」

おばばさまがころころと笑う。恥ずかしがるのは、おっかさまで、この陽気なおばばさまから生まれたにしては、ひとりだけ気難しいのだった。

「ようさま、おぬし、漢文も随分と読めるそうじゃないか。男に生まれるとよかったのう。頭が良くても、女子《おなご》では学問で身を立てられぬからなあ」

金叔父が言う。

「だが、もう少し時代が進めば、女子も男と肩を並べて、活躍をする時代が来るぞ。柴三郎兄上は、女子にも学問が必要じゃから、瀬戸村へ移って、お沙希とお與喜も尋常小学校や高等科へ通わせたいと、言っとらしたが」

「ええっ、そのような話、わしは聞いておりませぬよ」

おっかさまが、驚く。

「兄上はいろいろと思案されていることでしょう。考え深いお方じゃから。だが、沓掛はあのように草深い山の中。徳川さまの御世ならばいざ知らず、これから、小作料と地代だけで暮らすのは、頭打ちではござりませぬか」

「まあ、自分で耕せないものは、田畑まで召し上げられる時代が来るので、ございましょうか」

「さあ、すぐに小作制度が終わるわけではないでしょう」

と、おばばさまが、話題を変えた。

「今日の柴さまから頂戴あそばした、菜はなかなか立派に出来ておりましたぞな。お百姓にも少しは、馴れられたかな」

「いいえ、相変わらず、休み休みで、ほとんど源じいが耕しておりまするわ」

「まあ、人には向き不向きがござりまするわな」

「ところで、士族全員を帰農させるのは、本州だけでは無理。尾張藩でも、北海道へ大勢衆が移住されたと、聞きましたが」

銀四郎叔父も、話に加わった。

「開拓には、ご身分の高いお方も相当数加わられたそうにござりまするな」

「新開拓地は、徳川さまがご援助くださると、旦那さまにお聞きしましたがのう」

「それでも、開拓地の八雲村は霧深く、なかなか陽の差さぬところだそうですよ。初めに視察に行かれたお方が、百姓仕事などしたことのないお方で、気象を見誤れたそうにござりますぞ。そんな条件の下では、慣れぬ百姓暮らしはおつらいでしょうな」

と、学校で習ってきたのか、銀四郎叔父はなかなかに詳しかった。

「お城づとめをしておられた上級武士の方は、刀を鍬に替えることに、抵抗はござりませなんだかね」

「食うためじゃもの、仕方ござりませぬじゃろ」

「本当に、むしろ、地付きで身分の低いわしらのほうが幸せでござりましたのう」

「まったく、わしらには、幸い先祖の残された山がござります。柴三郎兄上には小作を使っている田畑も、われらの家より多うござりまするな。何とか勘考して、瀬戸村で商売をする資金くらいは十分お出来になりましょう」

金叔父たちの話が深刻になっていったので、お菊さまとお志野さまは黙っている。二人ともこんな話には無縁のように、お人形のように座っているだけだ。

「お礼、瀬戸村ならば、姉のおはるも、おやゑも嫁いでおることじゃし、心丈夫でないかのう。あそこなら、山ひとつ越えただけ。ここから三里もござりませぬわ。それに、これから、発展する土地と聞いておりまするぞ。わしは賛成だぞな」

おばばさまがけろりと、口を挟む。

「何事につけても、柴さまの考えなさることじゃや、お礼、黙って従わっせ」

「はい」

おっかさまも、しおらしくうなずいて、弟のほうに向きなおる。

「時に、金之丞、こんな美しいお嫁さまが来られた以上、お前さまの外国へ行きたいという夢はお捨てになったのでござりましょうね」

「いや、なかなか。男なら一度は行ってみたいものです。ようさま、今おぬしが見ていたギヤマンな、これはアメリカで出来たものだぞ」

「アメリカですって。それはどこにあるのかん」

「はるか、海のかなたにあるのだぞ。日本国の東方に、太平洋という大海があることは、知っておるかな」

「はい、おとっさまからお聞きしました。そこは、こんなきれいなものが出来るお国なのかん」

「そうとも、はるばる海を渡って輸入されたものじゃ。アメリカには珍しいものがぎょうさん（いっぱい）ござる。こんな田舎にいては、何も知らぬままで一生を過ごしてしまうわ。何事も見聞きし体験してみたいものだ。アメリカへ行ってみたいのう」

金叔父の目が輝く。傍らのお志野を振り返り、冗談のように訊く。

「どうでしょう。お志野どの。アメリカまで、わしについてきてはくださりませぬか」

「ええっ、そんな遠いところ。わたしは行きたくはござりません。そんなおそがい（怖い）こと、滅相もない」

お志野が静かだが、激しい口調で言い切った。金之丞の瞳にさびしい影が走るのを、お與喜は見た。

その3　再び曲がり松

その年の秋、父の久右衛門が突然に他界したのを機に、柴三郎は瀬戸村へ移転を決めた。裕福な親戚に田畑を売り資金を作った。祖先の墓は墓守をしてくれるという源じいへ頼み、相応の土地を無償で分け与えた。新しい土地は、瀬戸村の中でもいちばん中心部に求めた。役所、蔵所などの並びに家を建てることにした。急ごしらえではあったが、半年ほどで、間口十間の広い店舗が出来た。柴三郎は妻と四人の娘を連れ、使用人としては、男衆の秀さ一家と、ばあやだけを伴い、引っ越すことにした。

引っ越す前の日、お與喜は曲がり松まで出かけた。曲がり松に別れを告げるためである。瀬戸村が近いとはいえ、この沓掛村からは四里ほどもある。もう木登りになぞ来られないだろう。お墓参りに来ることがあったとしても、そのころ、お與喜は年ごろになっているから、子供のような遊びは出来ないはずだった。お與喜は最後にひと登りと、例の下穿きを穿いてきた。

お與喜は木の瘤に足をかけ、するすると登っていった。今日はいつもよりも高いところまで登っている。高いところから見渡せば、東の方に定光寺の御山が見える。源敬公の御廟のあるお寺であった。

「おや、あれは」

お與喜は定光寺とは反対側、山の奥に、小さな祠を見つけた。今までは気がつかなかった小さな祠である。高くまで登ったからこそ、初めて見つけたのだ。

「行ってみよう」

お與喜は急いで松から下り、歩き出した。熊笹の生い茂った藪の中を掻き分けて進んでいく。かすかに人が草を踏んだ跡が細くついているが、両側から突き出た鋭い笹の葉が、お與喜の腕や足に傷をつけた。がさがさっと音がして、側の草むらから、小さな茶色の獣が逃げていく。その茶色の毛並みから見ると、狸のようだった。

「わあ、びっくりした。もしも、蛇が出てきたらどうしよう」

気にしていると、なぜか地面をすべる音が聞こえるような気がした。普通の蛇でも怖いけど、まむしだったら、命取りである。途中でお與喜は怖くなった。行くもならず、帰るもならず、立ちすくんでいると、

「おーい、そこにいるのはお與喜坊ではないか」

後ろから声をかけたものがいる。驚いて振り返ると、

「ははあ、わしじゃ」

「金叔父さま」

金之丞が、にこやかに手を振っていた。

「おぬし、どこへ行く」

「あちらに、祠が見えたの」

「ははあ、あの祠か。ちょっと待っておれ」

金之丞は、着物の裾を端折ると、藪を掻き分けて近づいてきた。足に百姓のような股引を穿いて、しっかりと、足袋や草鞋を周到に整えているところは、山の見回りをしてきたものだろう。

「なんだ、熊笹で傷だらけじゃないか。そんな格好で藪に入ったら、大変だぞな」

「うっかり、入ってしまって、困っていたところでござりまする」

「仕方ないなあ。さあ、わしの背に負ぶされ」

小柄ながらがっちりした体格の金之丞は、お與喜をさっと背負うと、祠めがけて歩き出す。あっという間に、祠に着いた。熊笹の中に小さな鳥居まであって、お與喜の背丈ほどの祠が崩れそうに建っていた。

「こんなところに祠があるとは、誰も気がつかん。おぬしも、わしも木登りしたからこそ見つけたのよ」

金之丞は得意そうに言った。

「どうしてこんなところに、祠があるの。誰もお参りしないのかん」

矢継ぎ早のお與喜の質問に金之丞が答えてくれた。

「ようさまは、その昔、源敬公がお亡くなりになったとき、殿を慕うて殉死したお侍衆が多くおられたことを知っておるだろう」

「はい、定光寺にお碑が建ってるもの」

「うむ、おぬしは小さいがやはり、物知りじゃな。その折に、妻子でも後を追われた方々がおられたが、その中に一人の若侍を慕うて死んだ女郎がおったげな」

「女郎って」

「ふむ、漢字やら和歌やら知っておっても、そういうことは知らんのか。うーん、女郎とは、まあ、お嫁さま以外に男女の契りをさせてあげる女子じゃな」

「では、ご側室と同じなの」

「いや、大いに違うな。お金をとるのじゃからな」

金之丞は少し困っている。八歳のお輿喜にわからせるにはどうしたものかと、迷った。

「う、うむ。まあ、そのお嫁さまでない女子が死んだけれど、ほかの者と一緒に墓を建てるわけにはいかぬ」

「どうして」

「まあ、人の世には決まりがあってな。だが、その女郎の心根は一途で哀れじゃから、村人がここに祠を建ててやったと聞いておる」

「それが、どうして、こんなに荒れてしまったの」

「うん、月日が経って、やがて、人から忘れられてしまったのだろうよ」

「可哀想ですね」

「そうだな、では、拝んで帰るとするか」

お與喜は、叔父をまねして祠を拝む。そのとき、祠の中に、白い小さな紙のようなものを発見した。

「金叔父さま、あれ、なあに」

その紙は、着せ替え人形の着物の形のようで、釘で張り付けられていた。

「ややっ、これは人型じゃ。こんなものは見ずともよい」

金之丞は素早く白い紙を引きちぎった。だが、祠にも日は差し込み、羽目板は日に焼けていたのであろう。紙の下には、日に当たらない板の人型がくっきりと残っていた。

金之丞はさっと身を翻すと、お與喜を抱いて道を引き返す。いつもはにこやかな彼の顔が、急に暗く引き締まり、口をへの字に結んでいる。曲がり松まで戻って、やっと元の温厚な顔つきに戻った。

「ようさま、明日からは、新しい瀬戸村の地で、新しい暮らしが始まるのだろう。祠のことなど忘れてしまえ。女子でもしっかり学問せいよ」

その晩、お與喜はお沙希に、祠のことを打ち明けた。お沙希は早速、ばあやから、祠にまつわる別の話を聞いてきてくれた。

「あそこの祠は、優しい村人によって建てられたのだけれど、若侍にはお嫁さまがおらしてね。その親族が、怒って打ち壊してしまわれたそうな。その祟りか、お嫁さまは非業の最期をお遂げになったそうなよ」

「まあ、おそがいこと」

「だもんで、村人はまたも、新しい祠を建てて供養したそうだげな。でも、お嫁さまの無念のためか、あそこの祠に夫婦して参ると、その夫婦は大概別れてしまうそうじゃって」

姉のお沙希は急に声をひそめる。

「ここからが、もっと、おそがいところよ。逆にね、夫婦別れさせたい人や、よその女子に狂うた夫などを呪いたいときには、あの祠に人型を五寸釘で張り付けると、効果てきめんなんじゃったそうな」

「わあ」

お興喜はあまりの怖い話に、姉にしがみつく。

「だからのう、みんなは、あの祠にお参りするのをやめてしまったそうなよ。それで、いつしか、祠がどこにあるかも忘れてしまったんだって」

お沙希は言う。

「夫婦のことなど、わしらはまだ子供じゃもの、ようわからん。わからんことは、今からくよくよ考えてみても、仕方ない。明日からは新しい生活が始まる。新しい先のことだけ考えようね」

「うん」

お興喜は、強く、返事をした。

その４　瀬戸村にて

　しばらくは、無我夢中の生活だった。柴三郎の開いた店「松本屋」は、初めは米だけを扱っていた。それだけでも十分な商いになったが、役所の隣に店を開いたこともあって、後には紙や筆、墨といった文具を扱うようになった。役所関係の事務用品全般を一手に扱うようになったから、店はきわめて順調であった。柴三郎は、初めて天職に出会ったのだろう。

　お沙希は数え十二歳になっていたけれど、一年だけ尋常小学校に通い、次の年、高等科に進学した。このころ、尋常小学校は四年間であったが、通ってこない子供も珍しくなかった。子供は労働力であり､学校へ通わせるのは無駄だと考える親が多かった時代である。お役所にせっつかれ、渋々子供たちを小学校へ出す親も多かった。だから、その上の高等科など考えもつかないのだった。

　お與喜は小学校一年から始めた。おとっさまの寺子屋でお習字や漢文などを学習してきていたから、小学校で習う内容は簡単だった。ただ、寺子屋では習わない地理、歴史、生物などの新しい知識を吸収することが、わくわくするほど嬉しい。お沙希もお與喜も良く学び、学校では優等生だった。とくにお與喜は、小学校卒業時、知事さまから優等賞をもらうほどであった。

当時、瀬戸第一小学校（今の陶原小学校）の高等科では、お與喜の同級生はたった五人、そのうち、男子二名、女子三名であった。男子が少なかったのは、裕福な窯元の息子たちが、名古屋の中学に進学を希望するようになってきたためとも思われる。

明治二十四年四月、十一歳のお與喜は縮緬の風呂敷に読本を包み、学校から帰ってきた。高等科に進学したのである。蔵所の前で、仏壇屋のおばさんと出くわした。

「おや、ようさま。学校の帰りかね」

おばさんが訊いてきた。

「はい」

「女だてらに、高等科かや。何さまになるつもりだね」

おばさんが、わざと声高に言う。お與喜は軽く一礼し、足を速めた。

家の前には『米、紙、商い候　松本屋』の大きな看板がかかっている。書道得意のおとっさまが、大筆で書いたものだ。店に駆け込むと、おとっさまが帳場に座っていた。

「おお、お帰り」

と、静かに微笑む。奥から、おっかさまが出てきて、

「どうしなしたね、息を弾ませて。女子は静かに歩くもんですが。裾を乱してはならんと、いつも言うとるのに」

相変わらずきつい口調で、注意する。

「仏壇屋のおばさんが、高等科のことを」

「およねさんが、すかんことを言うのはいつものことでしょうが。あの人は学問が嫌いやから」

姉のお沙希が高等科のとき、

「もう高等科へは行かん」

と、泣きだしたことがあった。やはり、およねたちに、高等科へ行くことを皮肉られたのだった。おとっさまが、静かに言う。

「ご近所はどうでも、うちはうちやぞ。うちの娘は高等科くらいは出す。これからの娘は、世の中のことや、いろんな知識を身につけねばならん。皮肉を言いたいやつには言わせておけ。本当は女学校にもやりたいところじゃが、この瀬戸村にはないでのう。下宿までさせるのは、女子の身では、ちと不都合じゃ。ま、高等科にいるうち、できるだけ知識を吸収することじゃ」

「はい」

おとっさまは小さくて物静かな人だが、誰もがおとっさまの言うことをよく聞く。

お與喜は部屋に行き、普段着の銘仙に着替えた。店の手伝いをするつもりだった。奥の台所では、今年高等科を終えた姉のお沙希がたすき掛けも甲斐甲斐しく、立ち働いていた。

「お帰りなさい」

微笑む姉の顔は、相変わらずのお多福顔である。松本屋の娘たちは、頭も気前も気立てもいいが不器量だと、およねたちが言いふらしているとおりである。お與喜はかすかに首を振る。昔のように指で、八の字を作って見せようかとも思ったが、思いとどまった。姉が気にしていることは、昔からわかっている。おっかさまのように姉の気持ちを傷つけたくはなかった。

「へい、ごめんなすって」

店に客が来た。

「おう、千兵衛さんかい、お入り」

おとっさまが、店の中へ呼び入れようとするが、

「あっしは、外でお待ちしとりますで、また、文書をよろしゅうお願い申しまする」

と、律儀に店の中に入らないのは、やくざの大親分と名高い、沓掛の千兵衛で、文盲のため、役所向きの文書の作成と清書を頼みに来るのであった。もちろん、彼の後ろには、三人ほどの大柄なやくざが付き従っている。

「あっしらは、素人衆のお家には上がらないことになっとりますんで」

千兵衛は、かたくななまでに、筋を通そうとする。

「そんなところでは、話にならん。じゃあ、腰掛けずに、立って話をなされ」

おとっさまは、千兵衛を招き入れ、お與喜は率先してお茶を出しにいく。おっかさまはやくざを嫌って、絶対に顔を出さない。姉のお沙希は、高等科を卒業し、嫁入り修業の身なので、表には気軽に顔を出すなと言われているのであった。

千兵衛は、もともとは沓掛村の出身で、知識の必要なときとか、文書が必要なときには、おとっさまに相談に来るのである。大柄な千兵衛親分が、小柄なおとっさまの前でかしこまって

いる姿を見ると、お與喜はつくづくと、おとっさまを尊敬してしまう。

「おじさん、お茶をどうぞ」

「おや、ようさま、これはどうも、恐れ入りまする。第一等を取らしたげなね」

ごっつい千兵衛が、お與喜のような娘っ子にまで、腰低く、お辞儀をする。

「あれ、おじさん、地獄耳」

「はははは、あっしの家には、跡継ぎがない。ようさまのような男勝りの気風のいい娘さんを養女に迎えたいもんですがねえ」

と、千兵衛は、ちらりとおとっさまを見やりながら言う。お與喜を養女に迎えたいというのは、千兵衛の口癖であった。

「わしみたいな不器量は、姐さんには似合わないわ」

お與喜の返答に、おとっさまがぷっと吹いた。

「そんなことはござんせんよ。ようさまのきりりとした眉と大きな目は、いかにも知恵が溢れているようで、わしにはまぶしい限りでござりまするぞ。ようさまは、きっと良い旦那とご縁がございますよ。何か大きなことが出来る方とね」

千兵衛さんが優しく誉めてくれるのが嬉しく、お與喜の頬は上気して、ほのかに赤くなった。

そのとき、なぜかお與喜は金叔父を思い出した。金之丞が、アメリカへ移住し、大きなことを成し遂げたいと、いつも言っていたことを突然思い出したのだ。

「ごめんやあす」

不思議なことに、ちょうどそのとき、金之丞が暖簾をくぐって現れた。背中に野菜がたっぷりと入った籠を背負っている。

「おや、先客は千兵衛親分だったか」

金之丞はいつもの快活な笑顔でみんなと挨拶をかわす。水野村には、松本屋ほど種類の揃った文具屋がなく、紙や筆を買い求めに来るのである。そのついでに、おばばさまの畑で出来た菜や、手作りの菓子なども届けてくれるのだ。

「千兵衛親分と金之丞どのは、顔見知りなのですかな」と、おとっさま。

「へえ、先日、女郎が祠で、初めてお会いしました」

「そうだったね。あの祠、随分ときれいになったじゃないか。丸太で道まで、ちゃんと直してあった。あれを修復したのは、親分と聞いたが」

「へえ、あの女郎は、恥ずかしながら、手前の遠縁に当たるものでございまする」

「ほう」

「聞けば、女郎の心根が憐れ。これも何かの縁と、修復してやりましたところ、みなさまがお参りに来られるのでございまするよ。金坊ちゃんも、美しい奥方をお連れでございましたな」

女郎が祠。そこに、お志野さまと一緒に。お與喜は、びっくりした。昔、ばあやに聞いた話が本当ならば大変である。それとも、修復してきれいになった祠ならば、夫婦してお参りしても大丈夫なのだろうか。

「そういえば、その際に、ちらとお聞きしました船便のこと、若衆に調べさせておきましたが」

「ああ、そうですか」

金之丞は、急に顔色を変えた。

「兄上、ちと、用事を思い出しました。またお邪魔いたしまする」

金之丞は、千兵衛の帰るのと一緒に、そそくさと店を出る。

「なんでしょう、あの子は。やくざの親分などと親しいのでしょうか。わしは、やくざはいやでござりまする」

おっかさまが、台所から塩つぼを持ち出し、一気に店に撒いた。


お與喜は奥の板敷きの仕事場で紙の裁断を手伝った。役所や学校から大量の用紙の注文が入っている。明日までに数千枚の用紙を切りそろえなければならなかった。紙工場からは、大きな紙が巻いた状態で運び込まれるから、手頃な使いやすい大きさに裁断しなければならない。これは当時、文具屋の仕事であった。力持ちの男衆の秀さも、新しく雇い入れた六さも米の配達に回っているから、裁断はおとっさまとお與喜の仕事になる。おとっさまは、相変わらず、力仕事だとすぐに息が切れるから、お與喜が頑張るしかなかった。むんと、腰に力を入れて、裁断機を押す。それでも、最近は、テコ式の裁断機の性能がいいから、仕事が楽になったほうである。

お與喜は、息を乱しているおとっさまに代わって、小さな体をバネのように使い、裁断機を下ろす。紙きりを手伝っているおかげで、腕っ節が随分強くなった。腕相撲では、小学校時代から、組のどの男の子もお與喜に勝てなかった。

姉のお沙希は、台所仕事を全面的に任せられている。おっかさまは奥の居間で、弟の正《しょう》に乳を含ませている。四人も女の子が続いた後に、やっと生まれた男の子だから、みんなで可愛がっている。おとっさまの名前、柴三郎正道の正の字をとって、「しょう」と名づけた。正は、おとっさま似の不器量な姉たちと違って、おっかさまに似ている。おっかさまだって美人とはお世辞にも言えないが、正は、おっかさまの顔のいいところだけをとって生まれた。だから、正は男の子なのに、いちばん可愛い顔つきをしている。おっかさまが可愛がるのも無理はなかった。

おっかさまの横では、尋常小学校に上がったばかりの三女のお亜以が、おはじきをしている。お亜以は我儘者で、何もお手伝いをしない。それなのに、なぜかおっかさまの秘蔵っ子だった。

お亜以は、四人の娘たちの中で、取り立てて器量がいいわけでもない。みんなとどっこいどっこいの不器量さだ。おまけに自分の思うようにいかないと泣き喚く。機嫌がいいときはのんきに歌など唄ってみせたりして、面白いところもあるが、お天気屋だからいつもというわけでもない。姉たちでも遠慮しているおっかさまに向かって、ずけずけと、「こうしてちょうだい」と、おねだりできる性格だから、かえっていいのかもしれない。とにかく、おっかさまは、格段にお亜以を可愛がっている。

襖の陰に隠れてこっそりと、お亜以とおっかさまの前掛けを鋏で切り刻んでいるのは、お亜以と三つ違いの四女のお比佐である。秘蔵っ子のお亜以と、初めての男の子の正、と二人の大事な子に挟まれた味噌っかすであった。

「お比佐、お前は。また、こんなことをして」

正を寝室に寝かせて帰ってきたおっかさまが、襖の陰のお比佐を引きずり出す。彼女の手には、じょぎじょぎに切り刻まれて、はたきのようになった、おっかさまの前掛けがあった。

「あらら、お見事」

お沙希が指差し、お與喜はぷっと吹き出した。おとっさまも苦笑している。

おっかさまが、お比佐の横鬢の毛を引きむしる。ひいひいと、お比佐が転げ回って泣きだす。

やあいやあいとお亜以がはやし立てた。

「あれじゃ、いくらなんでも、ひいちゃんが可哀想」

優しいお沙希が涙ぐむ。お與喜は助っ人にいつ飛び出そうかと、身構えた。

「お比佐、ちょっと来いよ」

おとっさまが、静かにお比佐の傍に近寄った。お比佐はぴたりと泣きやんで、おびえている。

おとっさまが、「ちょっと、来いよ」と、呼ぶときが、本当はいちばん怖い。おとっさまは声を絶対に荒げない。静かに諭す。だけど、おとっさまに呼ばれるときが、おっかさまにつねられたり、叩かれたりするよりも、娘たちには怖かった。

おとっさまが、お比佐を書斎へ連れて行くと、お亜以も神妙に黙り込んだ。何事もなかったように、仕事は進む。

（ひいちゃんはいじいじして陰気だから、好きじゃない。でも、いちばん悪いのはおっかさまだ。娘たちの中で、ひいきはするべきじゃない。とりわけ、小さいひいちゃんを、お亜以と区別するべきじゃない）

お與喜は、力任せに裁断機を押す。紙がすっぱりと切れず、切り口がギジャッとねじれた。無心でないと、紙一枚だって切れやしない。

お比佐が書斎から戻ってきた。おっかさまは、ぷいと、正の寝室へと姿を消す。

「姉さま」

お比佐がお與喜に抱きついてきた。ぎゅっと抱きしめて、黙って背中をなでてやる。

「おとっさまに叱られなかったの」

「うん」

お比佐がこっくりする。

「おとっさまは、なんて言ってらしたかん」

「あのね、前掛けを切ってはいかんぞな。二度とやるなよと、言ってらした」

小さいお比佐は、一生懸命に思い出しながら言う。

「おっかさまは、お前にとっても大事なおっかさまだから、我慢せえよとも、言ってらした」

「そう」

お與喜は、もう一度お比佐をぎゅっと抱きしめてやる。さすが、おとっさまだ。おとっさまは大好きと、お與喜は思う。

「ひいちゃん、これ、あげるよ」

お亜以がおはじきを三つだけ持ってきた。

「いらん」

お比佐が押し返す。彼女の目から、陽炎のように、怒りが揺らめき立っていた。

その5　金之丞

一か月後、思いがけない知らせが松本屋にもたらされた。叔父の金之丞が、恋女房お志野を離別して、消息を絶ったというものであった。この知らせをもたらしたのは、おっかさまの妹で、瀬戸村に嫁いでいるおやゑであった。彼女の嫁ぎ先の青山家も昔ながらの旧家で、米屋という屋号を持ちながら、瀬戸川沿いに大きな旅籠を経営しているのである。知らせは、そこへ宿泊した商人からもたらされたものらしかった。

「まあ、なんとしたことでござりましょう。もう、ひと月も金之丞は行き方知らずとか。おやゑの聞いてきたところによりますと、金之丞は名古屋の芸者も連れているそうでござります。駆け落ちなどとは、なんという恥知らずでござりましょう」

おっかさまは、おろおろと、おとっさまに打ち明ける。

「そのような、商人の噂を丸呑みにして、苛立つこともなかろう。金之丞どのがそのような理不尽をされるとは、わしは合点がいかぬぞよ。おばばさまも、まだ何も言ってこられぬじゃないか。そのうち、金之丞ご本人から何か言うてこられるかもしれぬ。黙って待っておれ」

その夜、お與喜は姉に、こっそりと打ち明けた。

「姉さま、この間、叔父さまがいらっせたとき、お志野さまと二人して、女郎が祠にお参りしたと言ってらしたよ。やっぱり、あの祠に参ると、夫婦別れするのかん」

気の優しいお沙希は、それを聞いて震え上がる。

「それに間違いない。あんなに、仲の良かった叔父さまたちだもん。祟りにきまっとる」

でも、この話は、おとっさまにも、ましてやおっかさまには、言えなかった。

おとっさまの言葉どおり、二日後、金之丞がふらりとやってきた。いつもの書生風な袴姿でも、羽織と着物の着流しでもなく、背広と帽子にステッキという、洋風ないでたちであった。

「兄上にも姉上にもご心配おかけし、申し訳ござりませぬ」

と、金之丞は土間に直接、手をついた。

「アメリカへ行き、一旗あげたいと思う夢を忘れがたく、いろいろと調査をいたしまして、ようやく移民団に空席を見つけました。どうぞ、出発させてくださりませ」

「金之丞、お前、お嫁さまはどうなさるおつもりかん」

おっかさまの声は逆上して裏返っている。陰で聞いていたお沙希もお與喜もはらはらして、お互いに手を握り合った。

「お志野どのには、事情をお話し、わしの夢を叶えるために一緒に行っていただきたいとお願いしたのですが、何しろあの方はお嬢さま育ち。そのようなことは思いもつかないことでしてな」

「当たり前でござりましょう」

「まあまあ、お礼。金之丞どのの話を最後まで聞こうではないか」

おとっさまが、おっかさまを押しとどめる。

「それで、西浦分家にもお詫びに行き、お志野どのをお返し申し上げた次第でござりまする」

「お返し申し上げたですと。女子にとって、一度嫁した家を出されたという傷は一生残りまするぞ」

「確かに、姉上の申されること、ごもっともでござりまする。今回のことは、わしの、わし一人のまったくの我儘でござりまする。しかし、それでも、夢を忘れがたく」

「そうか、もう、決心は揺るがないのじゃな」

おとっさまが、静かな口調で問う。

「はい、男子一生の願いでござりまする」

「おぬし、昔から、アメリカへ行きたいと、そう言っておられたものな」

「それでは、母上のことはどうなさるおつもりか。お前は総領ではござりませんか。家にも親にも責任がござりましょう」

おっかさまは、怒りに任せた口調で問いただす。

「はい、母上さまにはまったくの不孝でござりまする。しかし、弟銀四郎に打ち明けたところ、母上と、家のお世話は任せろ。夢を叶えて帰ってくるまで、預かってやると、言うてくれたのでござりまする」

お與喜は、末の叔父、銀四郎の顔を思い出した。銀四郎にはずっと会っていない。陽気な兄の陰に隠れて、目立たない叔父であった。だが、心優しく、考え深い人であったように記憶している。

「移民といえども、並大抵の苦労ではないはず。はるか遠い異国へ行けば、十年や二十年では帰ってこられぬぞよ。その覚悟がおありなのじゃな」

「はい、兄上。わしなりにも、いろいろと調べましてござりまする。移民と申しても、農民だけではなく、いろんな職種がござりまして」

「異国にて、希望どおりの職に就けるものかな。そう思うようにいかぬぞよ」

「石にかじりついても、成功させてみせる覚悟でござりまする。尾張藩の御大身のお侍衆の中にも、北海道移民をなされた方がおられまする。百姓として生き直そうと、努力しておられまする。わしらのような下積みが頑張れないはずがござりませぬ」

結局、金叔父は、決心を変えなかった。お與喜は、叔父を村外れまで見送った。彼は名古屋まで歩いて、そこから鉄道に乗るという。

「ようさま、高等科は面白いかの」

金叔父は、何事もなかったように、穏やかな様子で訊いてきた。

「はい、いろんな世界の地理や、歴史を学ぶことは、嬉しいです」

「おぬしは、将来、何になりたいのかん」

「女ですもの。お嫁さましかござりません」

「そうかな。女子でも出来ることもあるはずだが」

「わしには、思いつきません」

お與喜は言った。この時代の十二歳の彼女にとって、嫁に行く道以外、考えたこともなかったのである。

「叔父さま、お志野さまは、一緒にアメリカへ行くとは、おっしゃらなかったのかん」

「そうじゃ、残念なことだが、いたしかたないじゃろう。あの方も、あのお従妹もお姫さんのように育てられたお方じゃものな」

金叔父がため息をつく。わしだったら、叔父さまについていきます。たとえ、太平洋を渡っていくほどの遠い異国であろうとも。お與喜はそう言いたかった。でも、叔父には、ただ、こう言った。

「叔父さま、お與喜は将来、男の方の夢を叶えてあげられるように、手助けする女子になりとうござりまする」

「ほう」

「はい、旦那さまの夢を叶えてあげること、それが女子の夢でござりましょう」

「何と、おぬしの旦那さまになる男は幸せ者だのう。それでこそ、お與喜という名前の通りだのう」

金叔父が微笑む。

「名前の通りですと」

「そうじゃ、おぬしは自分の名前の由来を聞かなかったのかな」

「あの、聞いてはおりまする。おとっさまのおばさま方に、それぞれ、おきさと、お喜代と言われる方があって、それをひっくり返して、名前を付けたのじゃと」

小さいころから、お與喜は自分の名前が少し気に入らなかった。姉の名前の沙希はきれいな名前であるのに、何だか自分の名前はゴロが悪い。よきというのは、薪を割る斧(よき)にも通じ、だから、自分は気性が男っぽいとからかわれることもあった。考え深い父親にしては安易な名前の付け方だなと、不思議に思っていたのだった。

「まあ、逆さにしたのは本当じゃとしても、與喜とは漢文読みで喜びを与えるという意味じゃぞ。兄上は、おぬしが人に多くの喜びを与えられる女子に育つだろうと、思われたのじゃ。おぬしの夢の通りに生きろよ」

彼は、お與喜の肩を大きな手でしっかりとつかんでくれた。その温かい手のひらから、叔父の温かい心が伝わってくるような気がして、この瞬間が永久に続いてほしいと、思ったのである。

村外れに着くと、ひとりの女性が待っていた。化粧もせず、地味な、目立たない女性である。

「あの方は、どなたなんです」

お與喜は、金叔父を見上げた。今まで、叔父の言ったことは、ぜんぶ作りごとだったのだろうか。叔父は、お與喜の心を見透かしたように言った。

「わしの言うたことに嘘はござらんぞ。あの女子には行きずりに出会うたのじゃ。いや、むしろ、あの女子が、お志野どのを離縁して、さびしいわしを行きずりに拾うてくだされたのじゃ。あの女子は、もとは芸者で華やかに化粧もしておられたがの、わしの夢にかけると言うて、すべてを捨ててくだされたのじゃ」

「叔父さまの夢にかけると……」

「そうだ、はるか大海を渡って、命の保障のない旅をともにすると、言うてくだされたのじゃ。わしは、あの女子にもかけた。わしの手助けのためという、まったく理不尽な、男の勝手じゃが、あの女子とともに出かけようと思う」

思いがけず、金之丞の瞳から、涙がほろりと落ちた。

「ようさまも、わしを犬畜生と思うか」

お與喜は、強く首を振った。金叔父も、村外れで待っていた地味な女性も、汚いとは思わなかった。むしろ、新天地を求めて大海に乗り出すという二人の姿が雄々しく見えた。

「いいえ、いいえ。決して、そうは思いませぬ。わしも……わしじゃって、大きくなれば、男の方の夢にかけまする」

お與喜は、そう言い切って、叔父たちを見送ったのであった。

その6　濃尾地震

明治二十四年、十月二十八日の早朝だった。

突然に、地の底からずしんと、突き上げるような振動が来た。ぐわんぐわんと、地の叫ぶ音が轟いた。大地が上下に振動する。

「地震じゃぞ。みな、起きて」

階下からおっかさまが叫ぶ声がした。お與喜とお沙希はすでに身支度を整えていたが、まだ二階の寝室にいた。すぐ収まるかもしれないと、初めはたかをくくっていたが、振動は激しさを増すばかり。箪笥や鏡台が倒れてきた。

お沙希はお亜以を起こし、お與喜はお比佐を起こして、急いで身支度させる。その間にも振動は激しさを増し、立っていられなくなった。

「立てん、立てん」

と、お亜以が泣き喚く。お比佐はぶるぶる震えながら、おとなしくお與喜の手にしがみついている。お沙希もお與喜も、柱にしがみつくのがやっとであった。

おとっさまが、二階へ駆け上がってきた。背には疋を帯紐で、くくりつけている。おとっさまは、両腕にお亜以とお比佐を抱えると、いつもの力なしとは思えぬ身軽さで、階段を駆け下りる。

「お與喜、お沙希。早う、下りよ。階段が落ちるぞ」

おとっさまの呼ぶ声に、我に返ったお與喜は姉をせかして、階段を下りる。階段は釘で打ち付けられているはずなのに、ぐらぐらと揺れ、不気味にきしむ。家中がキイキイときしむ音がする。まるで、泣いているようだった。お與喜とお沙希が下りて、仏間へ向かった途端、階段が外れてどうと倒れた。板屑が粉になって、舞い上がる。天井から、ばらばらと、赤土と埃が雪のように降ってきた。

急いで裏庭へ出る。おっかさまが、両手に火種の入った七輪を抱えたままで、娘たちの名前を次々に呼んでいる。おっかさまの手は、七輪の熱で真っ赤になっているのに、気がつかない。

お沙希が七輪をひったくる。おっかさまは手のひらをひどく火傷していた。水で冷やさねばと井戸端へ向かう。その間も振動は断続的にやってくる。収まっているときは歩けるが、揺れだすと立っていられない。這いつくばって進むしかなかった。

「歩けん、歩けん」

と、お亜以が相変わらず、泣き喚く。

「わやくはおやめ、小さいお比佐だって静かにしているじゃないか」

おっかさまが、お亜以の頬を叩いた。

松本屋には、良い水の出る井戸が二つもあった。井戸から水を汲み上げようと釣瓶を下ろすと、また、振動が来た。ボゴン、ボゴン、バーンと音がして、井戸から真っ赤な水が噴き上がる。井戸にはめ込んだ土管が破裂したらしい。あちこちからバーン、パーンと、音が響く。町内中の井戸の土管が破裂する音だった。

家は幸いにも倒壊を免れた。千兵衛親分でさえ「あそこの棟梁は瀬戸で一番」と、太鼓判を押す大工の建てた木組みだったからかもしれない。早朝だったので、まだ火を使っていない家が多かったおかげか、松本屋の周りでは火事が起きなかったのも幸いした。

窯焼き衆の集う部落では、火事が出た。部落中全焼したところもあった。十日以上も余震が続き、みんな、庭に莫蓙を敷いて寝た。庭がない家のものは、瀬戸川の川原に布団を敷いて寝ていた。まるで使い物にならない家や、倒壊した家も数えられないほどであった。死者が比較的に少なかったのは、この当時、人口密度が低かったからであろう。

「人さまのお役に立つのは、こういうときぞ」

おとっさまは、米蔵の米をみんな供出することにした。赤茶色に濁った井戸水を晒し木綿で漉して、大釜で米を炊いた。

千兵衛親分が、自分の家をほったらかしにして、怖そうな子分たちを連れて駆けつけてきた。おっかさまは嫌がったが、非常時だからと我慢させ、炊き出しをした。役所や近所へ握り飯を配るのを手伝ってもらった。

お與喜はたすき姿もきりりと、小さな体をこまねずみのように動かして、炊き出しの手伝いをした。

おとっさまに、千兵衛親分が話しかけている。

「いやあ、大旦那さまが太っ腹で、米を大量に出してくだされたから、みなさんが喜んでおられますに。大旦那さまを見習って、角の料理屋の鳥銀さや、ここのご親戚の御旅籠米屋さんでも、炊き出しが始まりましたぞな。まったく、ありがたいことでござりやす」

「そうか、それはよかった」

お茶を持っていったお與喜に、親分がまたも言う。

「おや、ようさまは働き者だねえ。第一、働く姿がきびきびしておられる。あっしにこんな娘がいたら、どんなにか幸せでしょうねえ」

「うふっ」

と、お輿喜は笑う。

「わしには、姐さんは似合いません」

そして、心の中でそっとつぶやいた。

（金之丞おじさまが、アメリカにいらしてよかった。あちらは、ずっと遠いから、こんな地震は伝わらなかったでしょうねえ）

お輿喜が、大きな夢を持った若者に出会うには、まだ、随分と間があった。

第二章　花あかり

その１　産声

明治三十年が明け、お與喜は数え十七歳になった。その年はとても寒く、軒につるした松飾も雪混じりの風に震えていた。正月六日、松本屋は朝から大忙し。

「ちゃばちゃん、赤ちゃんはまだかん」

姪のむねが不安そうな顔でまとわりついてくる。むねは、姉のお沙希が産んだ最初の子で、三歳になったばかり。年齢の割には、おしゃまで口がよく回るのだが、なぜかお與喜のことだけは、初めに覚えたまま、「ちゃばちゃん」と呼んでいる。

「もう少しかかるわ。お産婆さんがまだいりゃあしてないでしょう。赤ちゃんはそれからでないと生まれないわよ」

「おっかさま、うんうん言ってる。こわい」

むねがお與喜の手をぎゅっと握る。小さい子にしては、強い力である。それだけ、不安が強いのだろう。

「むねちゃんが生まれたときも、おまえのおっかさまは、もっとうなってらしたよ。それでも、こんな可愛いむねちゃんが無事に生まれてきたでしょう。だいじょうぶ」

お與喜がなだめると、むねは、うんとこっくりした。

「ちゃばちゃんね、これからお湯をどんと沸かさんといかんの。赤ちゃんが生まれたら、お風呂に入れないかんわ。むねちゃんは、しばらくお座敷で遊んでてちょうだい。熱いお湯がかかって、やけどしたら大変でしょう」

お與喜はかまどに大鍋を二つもかけた。むねが生まれたときも、お湯が大量に要ったのだが、今日は特別である。というのも、明け方、父親の柴三郎が言ったのである。

「お與喜、困ったことになったよ。お礼も、夕べから腹が張って具合が悪いそうだ。どうも、早産になるのじゃないかねえ」

「え、おとっさま。おっかさまは、まだ予定日まで二か月あると言ってらっせたのじゃないですかん」

「そうじゃ。だが、思い出し子の年寄り子ゆえ、弥生まではもつまいと思っておったが。お沙希が産気づいて、あせったのであろうか。急に腹が差し込むと言い出したのじゃ。間の悪いことよのう。これは、下手をすると、お産が重なるぞよ」

「まあ、どういたしましょう」

「とにかく、わしは朝から瀬戸村の旦那衆の寄り合いがある。じゃが、今日は顔出しだけにして、産婆を呼んでくることにいたそうか。しかし、間の悪いことは重なるものじゃのう。新しいばあやには正月休みを取らせてしまったわ。七日まで里に帰っていいと、言うてしまったが」

「おとっさま、お産はむねちゃんが生まれたときにも、お手伝いいたしました。與喜にお任せくださりませ」

このように、大口をたたいたものの、お與喜はまだ十七歳。本当はすごく心細い。お沙希がむねを産んだときは、おっかさまと昔からいたばあやの命令するままに、動いていればよかった。だが、今、元のばあやはいない。お沙希のお産後に里方へ隠居し、一年も経たないうちに、眠るように亡くなったという。

父母の寝室を特別に産室としてしつらえ、おっかさまと、長女のお沙希は、布団を並べて寝ている。そして、今、お産の陣頭指揮を執るのは、新しいばあやが里帰りしているため、次女のお與喜しかいないのだった。

「そうじゃ、むねちゃん。お座敷でお亜以おばちゃんと遊んでおいで。学校はまだお休みじゃもの。おはじきや、お手玉で遊んでくれるわ」

「むねはね、お亜以おばちゃんはきらいなの」

むねは姉そっくりな八の字眉をしかめて、悲しそうな顔をして見せた。

「あら、どうしてかん」

「お亜以おばちゃんはね、むねがうるさいと、つねりゃあすの」

「あらら、そりゃ困った」

お亜以のやりそうなことである。三女のお亜以は今でも母親の秘蔵っ子で、我儘娘だ。陽気なときは冗談を言ったりして、格段に面白いが、気分屋だから面倒くさくなると、姪のむねに対しても邪険に振舞うのであろう。

「じゃあ、お比佐おばちゃんと遊んだら、どう」

四女のお比佐はまだ尋常の四年生だから、むねと年齢はいちばん近いはずである。でも、彼女は、

「ひいちゃはね、すぐめそめそするから、いや」

と、姪にまで馬鹿にされている泣き虫である。

「むね、おいでよ。二階で遊ぼう」

いちばん下の弟の正《しょう》が呼びに来た。小学校に上がったばかりの一人だけの弟、正は快活で優しい子である。

「しょうちゃんなら、遊んでもいい」

むねは、小さい叔父に手を引かれて、階段を上っていった。

お與喜は襷をかけて袖をたくし上げ、新しい白手ぬぐいを桃割れの髪にかけて姉さんかぶりにした。藍染の前掛けもしっかりと締める。すると、自然と気合が入り、働き者の気分が出来上がった。

大鍋に水をいっぱいに満たし、竈に薪をくべる。お米も一升枡に二杯、シャカシャカと研ぐ。冷たい水で手の平まで真っ赤になった。でも、寒さに負けてはいられない。はあっと息を吹きかけると、白い蒸気が帯のように流れた。

「あらら、水甕が空っぽ。井戸で汲んでこなくっちゃ」

井戸に釣瓶を落としていると、下働きの三助が通りかかった。率先して水汲み仕事を引き受けてくれたから、任せることにする。やがて、大鍋に二杯分たっぷりとお湯が湧き上がり、大甕にもあふれんばかりに水が満たされた。お釜からは炊いたばかりのご飯の湯気が立ち上っている。大根の千切りを入れた味噌汁まで大鍋いっぱい作ってしまった。もう少しご飯が冷めたら、妹のお亜以とお比佐に手伝わせ、握り飯をたくさん作ることにする。

「まずは、準備よし」

お與喜は、ほっと手を打ち、上がりかまちに腰掛けた。

「ようさま。大変、大変」

産室から、お亜以が飛び出してきた。お與喜は、妹も含めて、大体の人にようさまと呼ばれている。

「おっかさまが、もう生まれそうだから、お産婆さんはまだかと言ってらっせるけど」

「あらら、困った。おとっさまが寄り合いのついでに迎えに行くと言ってらしたけど、まだお戻りでないのよ」

「わしだけでは、怖いわん。ねえさまも来て」

お亜以はぶるぶる震えている。無理もないと、お與喜は思う。姉のお沙希が三年前、初産でむねを産んだとき、自分も初めて産室に入ったのだ。妹や弟が生まれるときは、元気だったばあややおばばさまに任せて、台所で下働きさえしていればよかった。姉のときには、ばあやもおばばさまも年老いて、おっかさまとお與喜が産室でお産婆さんを手伝った。姉が苦しむ姿を垣間見ながら、血に染まった布を片付けたりするのは、ぞっとするほど生々しく、女として生まれたのが、むしろおぞましい心地がしたものだった。あのとき、お亜以はまだ小学生だったから、今回初めて、以前にお與喜がした体験をすることになる。お與喜はそっと、お亜以の肩を抱いて、小声でささやいた。

「今日は、お前とわししか働くものはいないのだよ。二人でがんばろうね」

「いやじゃ。わしは怖い思いなんか、したくないわん」

お亜以はお與喜の腕の中で駄々をこねる。小柄なお與喜と違って、お亜以はすらりと背が高い。首だけ姉の上に突き出ている。それなのに、お亜以はいちばん子供っぽい仕草をする。

「また、そんなことを言う。年上の者から、身内のお産を手伝っていくのは当然じゃないか」

「姉さまはいつでも優等生みたいなことを言わっせるが、わしはいや」

「だけど、誰もおらんから仕方ないがん。おまえだって、松本柴三郎の子じゃろう。士族の娘はいつでもしゃっきとしとらなあかん」

お與喜は、少しすごんで見せた。この際、猫の手ほどのお亜以の手も借りたいのだ。

お與喜は産室に入った。お亜以もびくびくしながら、後についてきた。

お沙希は五分おきにうなり声を立ててはいるが、元気な様子。反対に、おっかさまは顔面蒼白で、いかにも苦しそうである。四十歳を超えての出産は、いかに六人目だからといえど、堪えるものらしい。

「おっかさま、もうすぐ、お産婆さんが来られるから、しっかりしてください。お與喜がついてますよ」

と、呼びかけても、おっかさまは何も答えない。あえぐ息がいかにも苦しそうである。

横で、お亜以が泣き出した。母親っ子の彼女は前にも増して、激しく震えている。

「おっかさま、死んじゃいや」

と、癇性に泣きじゃくるので、お與喜はお亜以の背中をドンと叩いた。

「たわけたことを言ったらあかん。おっかさまが、死ぬわけないでしょうが」

と、きつく叱る。本当はお與喜だって泣きたいのだ。

「お亜以ちゃん。おっかさまは、五人も無事に産みなしたのよ。心配せずとも、ええから」

陣痛の合間に、優しくみんなを励ますのは、長女のお沙希だ。

「二人が重なって申し訳ないね。この子を産み終えたら、すぐ手伝うから」

と、こんなときにも気を使っている。

「いややわあ、こんなの。わしは、お嫁入りなんかしないわん。こんな思いするんだったら、死んでしまった方がましじゃわ」

お亜以は、なおも泣き喚く。

「お亜以、お黙り。お前だけわがままにしてしまった、わしが悪かったよ。一生懸命に働いているお與喜ねえさまに迷惑かけるんじゃない。本当にお前は馬鹿だね」

おっかさまが、目を閉じたまま、細い声で悪態をついた。その言い方がおっかさまらしく棘棘していて、お與喜はむしろほっとする。

「お與喜。古さらしを持ってきておくれ。どうも、お産婆さんが間に合わないらしいよ。お水が出てきたもの」

おっかさまは、しっかりした声で言いつけた。

「はいっ」

お與喜は無我夢中で、おっかさまの指図どおりに動いた。おっかさまは、すぐに小さな赤ちゃんを産み落とした。小さいながら、赤ちゃんはとても大きな声で産声を上げた。

「わあ、男の子ですよ。おっかさま」

お猿さんのように、しわくちゃな男の子だった。お與喜は、おっかさまの指図通りに赤ちゃんの臍の緒を糸で縛って、切り落とした。柔らかな布に赤ちゃんを包んで、おっかさまの横に寝かせたものの、おっかさまのお下の始末はどうしたものかと、悩んでいると、

「おう、おう、遅うなったが、どうじゃな」

表から、おとっさまが走りこんできた。おとっさまは、お産婆の手をしっかりと抱え込んでいる。

「ちょうどよかった。今、弟が生まれたところです」

お與喜の目から、初めて涙が滴り落ちた。

それから後は、お與喜も、お亜以すらも、お産婆さんの指図通りに目まぐるしく働いた。小さな弟に産湯を使わせてほっとする間もなく、お沙希が今度は大きな男の赤ちゃんを産み落とした。叔父と甥が同じ日に誕生したのだった。小さな弟は、おとっさまの松本柴三郎正道の名前からとって、すぐに道《わたる》と名づけられた。長男の正と合わせて、正道の名前が完成したのである。

「でかした、でかした」

おとっさまが、いかにも嬉しそうに笑ったから、お與喜まで嬉しくなった。

「お與喜が一生懸命に手伝ってくれたからかのう。道はお與喜の赤子のときに瓜二つじゃ」

「本当にそうですね。小さいけれど、よく動いて元気そうでございます」

おとっさまとおっかさまが、二人で道を眺めている。そういえば、濃い眉毛、先の広がった鼻、いかにも自分に似ている。お與喜は小さな弟がいとおしくなった。

お沙希の嫁ぎ先から、夫の松太郎や姑が駆けつけてきた。

大きな赤ちゃんを見て、誇らしげである。

「今度は男の子じゃったって。お手柄、お手柄。おう、おう、どえらく立派な子じゃ。うむ、賢そうな顔つきをしておる」

「ほんにのう。頭のよい松本屋の娘をもらって良かったですわな」

姉のお沙希は四年前、十七歳のときに、瀬戸村の加藤祐右衛門の長男、松太郎に嫁いだ。

「不細工な娘じゃやから、嫁にいけるかどうか」

と、おっかさまが心配していたわりには順調な結婚である。お互いに顔も見ないで、親同士が取り決めた縁談であった。裕右衛門家は瀬戸物と言われる陶器を開発した陶祖、加藤四郎左衛門影正、通称藤四郎の血筋である。直系から数えて六代目に分家し、以後、代々裕右衛門を名乗り、瀬戸村では名家と言われていた。松太郎は家業の窯焼きを嫌って、蔵所に勤めている。そこのところが、おっかさまとしては、物足りないところではあったが、お沙希にとっては幸いした。舅、姑とは別の新家を構えて気楽な生活であった。

松太郎は小柄で、当時としては珍しく小作りな顔につんと突き出た鼻の男で、今度生まれた男の子も、父親そっくりであった。

「こんなに鼻の高い子は、松本屋としては、初めてでござりまするねえ」

みんなが口々に言い合った。

「松本屋のおとっさまは、学がおありになる。ぜひ名前をつけてくだされ」

と、頼まれたおとっさまは、初めての男の孫の名前に頭をひねった。二年前に日清戦争が終わり、男の子は勇ましくあれと言われている時代であった。

「そうじゃ。勇ましいますらおという名前にしよう。勇雄はどうでござりまするかの」

鼻の高い甥は、勇雄になった。

若いお沙希の乳は、たっぷりと出た。色の白い乳房が血管までも腫れ上がって見えるほどに張って、一方を飲ませていると、もう片方の乳房からも乳がほとばしり出る。勇雄は、ぐいぐいと乳を吸った。口からあふれ出すほどに飲み終えると、ことんと眠った。

それに反して、おっかさまは、さすがに乳の出が細かった。道は、いつまでもしおれた乳房にしゃぶりついている。乳が足りないのか、なかなか眠らず、か細い声で泣き続ける。そこで、お沙希は弟にも乳房を含ませた。お沙希の乳は、二人が飲んでもまだ余るほどだった。姉の乳を飲みだすと、道はぐんぐんと肉付きがよくなってきた。

「ちゃばちゃん。むねもおっぱい飲みたい」

弟と、叔父に母親の乳房を取られたむねが、お與喜にまとわりついてくる。

「赤ちゃんはね、おっぱいしか飲めないの。むねちゃんは大きいから、もう何でも食べられるでしょう。そうだ、ちゃばちゃんがおいしいものを作ってあげようね。何がいいかん」

「あまいものがいい」

そこで、お與喜はあんころもちやら、鬼饅頭やら、どっさりつくる。

「ちゃばちゃんのお菓子はおいしいね。むねは、ちゃばちゃんが、一等好き」

「あらそう。うれし……」

お與喜は、小さい姪がいとしい。まだ、恋も知らないお與喜だが、誰かを愛することって、気持ちいいことだと思う。

その2　もらい乳

お沙希は、三十三日間実家にいて、むねと勇雄を連れて婚家に帰っていった。おっかさまの乳の出は相変わらず悪いので、道には重湯や飴湯を作って与える。乳母を雇うかとの話もあったが、相変わらずお沙希の乳があふれるほどにあるので、一日に一度、もらい乳に行くことですませようという話になった。お沙希の家とは一里ほどしか離れていない。しかも、お沙希の家は新家だから、もらい乳に行くのも気楽だった。

「お與喜、申し訳ないが、お前がまた、道を連れて行っておくれでないかん」

おっかさまは、昔から誇り高い人で、娘にでも乳をもらうのをいやがっていた。お與喜には、それがよくわかる。からっと明るい性格でないから、くよくよして食欲もなく、それがまた乳の出を悪くしていた。

「わかりました。わしが行ってきます」

「すまないねえ。お前は、お店でも働きづめなのに」

おっかさまは、体調が悪いこともあって、最近は十七歳のお與喜にすべて頼っている。秘蔵っ子のお亜以のことも忘れたかのように、お與喜にばかり仕事を頼むのである。

「お亜以がもう少し気がまわるといいんだが、あれではねえ。泣き虫のお比佐のほうが、むしろ店では役に立つそうじゃないかん」

「はい、ひいちゃんは、とても字が上手だし、あんなに小さくても帳簿が正確ですわん。おとっさまも、むしろあの子の才能を認めて、お手伝いさせていらっしゃいまする。あの子は愛想はないですけど、無駄口がないから、商人としては成功するのじゃないかしらん」

「まあ、お與喜。お前は人を見抜く力があるんだねえ」

おっかさまが、皮肉っぽく、くすりと笑う。

「あ、お許しくださりませ。ごめんしてくださりませ。はしたないことを申しました」

お與喜は、すぐに謝った。元気な頃のおっかさまなら、

「子供のくせして、横柄に人を見下すんじゃない」

と、横鬢の毛をむしられるところである。ところが、おっかさまは、最近は気が弱くなったのか、そんなことをしない。さびしそうに笑うだけである。

「お與喜。さあ、道をお願いね」

そこで、お與喜は弟を背に負い、自分でこしらえたねんねこを着込んだ。このねんねこは真綿がたっぷりと入れてあるから、軽くて暖かかった。

「では、行ってまいりまする」

店の前を通り過ぎ、隣の村役場と蔵所も通り過ぎ、歩いていく。角の仏壇屋の前は鬼門である。ここを通るとき、村でもいちばん口うるさい、およねおばさんの目から逃れることはでき

ない。足早に通ったつもりが、やっぱり、およねおばさんが出てきた。

「おや、ようさまじゃないかん。ありゃ、道ちゃんを負ぶってお守りかん。どこへ行かっせる」

「ちょっと、姉の家へ参りまする」

「おや、またもらい乳かん」

おばさんの耳は地獄耳であった。

「ほうかん。おっかさまの具合はまだ悪いかん。俺なんざあ、九人産んでもピンシャンして、乳もどえらけなく出たもんじゃが。おまさんのおっかさまときたら。育ちが良すぎるのか、何と情けないことじゃのう」

お與喜はむっとする。しかし、ここで口答えなぞしたら、村中に言いふらされることはわかっている。だから、黙っていた。

「それよりも、おまさん。お手伝いも健気じゃがのう、行き後れにならんよう、気をつけさっせ」

「はあ」

「まあ、ぼちぼち、縁談があってもええじゃないかのう」

「わしは、不器量ですもの、ございませぬわ」

お與喜は心底そう思っている。姉のお沙希は不器量ながらも、お多福さんのように福福しく、愛嬌があった。それに比べて、自分は眉もきりりと濃く、目はぎょろっとしていて、鼻もおっぴろがっている。要するに男勝りの顔である。自分ながら男に好かれる顔とは思っていない。

「なんの、顔なんかどうでもええわ。働き者で、元気ならええわん。世の姑さまはそっちのほうを好まれるぞな」

およねおばさんは、意外にも慰めるような口調で、

「よしよし、俺が誰ぞか探しといてあげますでな。ようさまはどんな男衆がお好みかのう」

「ええっ」

と、お輿喜は顔を赤らめる。

「あ、あの」

「そんなに恥ずかしがらんでもええわな。おまさん、存外におぼっこいのう」

おばさんは、けたたましく笑い声を立てた。

「役者のような男衆が好きかや」

おばさんの目が優しい。お輿喜の脳裏にひとつの顔が浮かんだ。大きな夢を持って、アメリカへ旅立った金之丞叔父の顔である。お嬢さま育ちの妻を離縁し、行きずりの芸者と旅立った金之丞。未知の土地アメリカで自分の力を試してみたいと言い放った、金叔父の一か八か思いつめた、あの瞳のきらきらした輝き。そして、何とかなるもんさと楽天的に構えた、屈託のない笑顔が好きだった。お輿喜は思い切って言ってみる。

「あの、夢を持った方がええです。大きな夢を心に持った方が」

「ひえっ、そんなとろくさい。そんなひこつい（気障な）人は、俺は探せんぞな」

およねおばさんが驚いている隙に、お與喜は逃げ出した。小走りに急ぐと、二月の寒風が頬を打つ。だが、弟を負ぶった背中はぽかぽかと暖かかった。

お沙希の家に着いて、早速道に乳を飲ませてもらう。甥の勇雄はもうすでに飲み終えて、昼寝の真最中。生まれてひと月ちょっとなのに、高い鼻ときりりとした眉がすでに凛々しくなってきている。お與喜は姉に道を預けて、勇雄の寝顔を見つめる。ふっくらした頬がいかにも可愛く、頬ずりしたくなる。

「ちゃばちゃん」

むねが抱きついてきた。膝に抱き上げて、お土産に持ってきたお団子を分けてやる。

お沙希が胸をはだけて、道に乳を含ませる。乳の足りない道はまだとても小さい。勇雄と違って、頬の辺りには小さな皺もある。それでも、道は姉の乳房にむしゃぶりついて、うっくんうっくんと音を立てて乳を飲む。

「道は早く生まれた割にはしっかりしとるのう。お乳がすごい勢いで吸われていくわ。乳房がじんじんするぞね。この子、勇雄よりも大きくなるかもしれんて」

お沙希が細い目をさらに細めて笑う。

「ええ、そうならいいけど。今のところは、なんだか壊れそうで」

お與喜は、道の鼻の頭に湧いてきた汗をそっとふき取ってやる。

「わしにも、赤ちゃんが産めるかしらん」

お與喜が言うと、

「まずは、旦那さまを見つけるのが先」

と、お沙希がすかさず答えた。

「あれ、姉さまの口ぶり、まるでおよねおばさんみたい」

「いやじゃあ。わしは、歳食ってもあんなしゃべくり女にはなりとうないわん」

「うふ、本当じゃ」

姉妹ふたりで顔を見合わせ、吹き出した。

「ときに、松太郎お義兄さまは、何か夢をお持ちなの」

「夢って。突然に何を言い出すことやら。ようさまは相変わらず変わり者だねえ」

お沙希はころころと笑いながら、

「旦那さまは、お役所勤めが気に入ってりゃあすようじゃわ。陶芸の道よりも、好きな役所に勤めさっせたんだから、夢は叶ってるわけよ。でも、あんまり欲のないお人だから、一生、平の役人で終わるかもしれん。わしはそれでもええ。あの人優しい人じゃもの」

お沙希のふっくらとした顔が、いかにも若妻らしく輝いて見えた。姉さまは幸せだからこれでいいんだと、お與喜は思う。

道が、口から乳があふれ出すほどに飲んで、すぐに眠ったので、もう少し乳が胃袋に納まるのを待ってから帰ることにする。むねとおはじきやお手玉で遊んでやる。

大黒さまと言う人は、
一に俵をふんまえて、
二ににっこり笑って、
三に盃手に持って、
四つ世の中良いように……
むねは、とても小さいのに、すぐに歌を覚える。
「むねちゃんは、頭がいいね」
「はい、みんな、そう言うの」
「うふっ、さすが松本屋の孫ね」
お與喜は、おとっさまの娘であること、松本屋の一族であることを誇りに思う。
道を負ぶって帰るとき、お沙希がむねと一緒に途中まで送ってくれた。通りを歩いていると、元気な若者の一団とすれ違った。幼さの残る顔つきから察すると、十四、五歳といったところか。ほとんどが同じように筒袖の着物に書生袴をはき、高下駄の音をかんからかんから響かせて、大声で楽しそうに話している。三人ほど詰襟の学生服姿がいて、きらきら光る金ボタンが、名古屋の中学生のようだった。
「大体、増五郎が中学へ行かなんだが、あかん。おぬしがおらんと、学校も面白くはないわい」
詰襟の中学生らしき大柄な少年が言い、ほかの詰襟たちも、

「そうだ、そうだ」

と、頷いて、

「おぬしの家には、金はいっぱい余っているはずじゃなかったのか」

「鳥鍋で大儲けしとるっちゅう噂だがや。学費を出してくれるように、頼まなんだのか」

大声で、からかう。

「仕方ないわ。俺のおやじさまは学校嫌いだで。高等科へ行けただけでもありがたいことじゃったもの」

中で、いちばん大柄な袴姿の少年がため息混じりに答えた。だが、彼はすぐ、大きな瞳をきらきらとさせて言い放つ。

「だけど、俺もいつか、東京へ行くぞよ。法律学校へ入ってみせる」

その少年がお沙希を見て立ち止まり、急にお辞儀をした。お沙希もうれしそうにお辞儀を返す。彼はちょっと言葉を交わしただけで、仲間の中へ戻っていった。

通りすがりに見た少年の瞳の輝きに、妙に惹きつけられ、お與喜は足を止め、振り返って、少年たちの後ろ姿を見送った。

「姉さま、あの方をご存知なのかん」

「ああ、あの人。あれは、加藤増五郎さじゃわ」

「松太郎義兄さまのご親戚なのかん」

「いんね（否）、あそことは違う系統じゃね。鳥銀さよ。あの人は鳥鍋屋の次男だわ」

瀬戸村には加藤という名前がものすごく多い。村の四割以上が加藤である。これは維新後苗字をつけたときに、瀬戸村の偉人、陶祖と呼ばれる加藤四郎左衛門影正の苗字をもらった者が多いことから来ている。平民の身分の加藤のうち、今いちばん羽振りがいいのが「鳥銀」である。役所の裏通りに大きな鳥専門の料理屋を開き、格式高い座敷と大衆向きの大部屋との二本立てで、鳥鍋を供している。奥の座敷には窯焼きの大旦那衆や、お役所の役人が常日頃から集っている。表側の畳敷きの大部屋ではもっと気楽に鍋や丼を食べさせる。主にもろ衆と呼ばれる窯焼きの職人たちが、窯開きのときなどに、大部屋でドンチャン騒ぎをやるのである。パリの万国博以来、瀬戸や美濃からの陶器の輸出が増え、職人や手伝いの人足も金回りが良くなった。いつでも手間賃が入るから、貯蓄の必要がない。だから、瀬戸っ子は江戸っ子のように気風がいい。宵越しの銭は持たないと、飲み食いに金を使う。彼らが落とす金を集めて、鳥銀の身代は肥え太ったのだ。

「鳥銀さは、松本屋の裏の通りから南の数町歩を、ほとんど買い占めたそうなよ。それなのに、子供の教育にはびた一文、お金を出されんそうじゃわ」

と、お沙希が言う。

「そうね、鳥銀さのことはわしも聞いてるわ。長男の和夫さんは高等科で姉さまと一緒じゃなかったかん」

「そうそう、とても成績の良い、優しいお人じゃったわ。中学へ行きたかったのだけど、おとっさまの銀二さんがお金を出さっせんで、高等科へ進まれたんじゃわ。学用品のお金も出して貰えんて。だから、兄弟みんな、学用品も拾ったり、ちびた鉛筆に棒をつないだりして、勘考して使ってらっせた。わしも短くなった鉛筆を和夫さんにあげたことがあったっけ」

そういえば、姉が店の使い古しの鉛筆を、誰かに上げると言って、おとっさまからもらっていったことがあった。

「あの増五郎さは、たしか、ようさまより二年下じゃなかったかしら。あのふたりだけがごっさまの産まれたお子で、下のお子たちはみんな、女中頭のおまっつあんの子じゃってよ」

「まあ」

「鳥銀さでは、みんないっしょくたに住んでなさるそうじゃわ。妻妾同居じゃって」

「まあ、そんなの、わしは好かん」

「誰じゃってそんなの好かんわ。だから、ごっさまは気鬱で病気がち。和夫さんは若くて頭がいいのに、くさっちまって女遊びばっかり。遊びに行かれんときには、お酒ばかり飲んでおられるんだと」

「まあ、なんだかお気の毒な」

「増五郎さはとりわけ頭が良くてね、中学校入学を勧められたのに、おとっつあんが絶対に学費を出してやりなさらんもんで、やっぱり高等科でやめやあしたと。今は代用教員やが、この間、役所に引き抜きたいという話があってね、松太郎さんが出向かしたところよ。うちで御酒を差し上げたこともあったわん」

「あら、それで、姉さまにご挨拶させたの」

お與喜は、増五郎のことが妙に気にかかった。吸い込まれそうな大きな瞳は黒目がちで、思い出しただけで胸が高鳴った。そして、その眼の輝きは、どこか金叔父に通じるものがあった。あの人は心に夢を持った人だわ。お與喜はそう確信する。

だが、所詮、自分には縁のない人。自分はそのうちに、姉のようにどこかの旧家に嫁ぐだろう。そして、舅と姑に仕え、子供を産み育て、平凡に生きていくだろう。それに比べ、あの増五郎という人は自分よりも二歳も下で、背丈も高く、若々しく活力にあふれている。きっと、こんな田舎の村の生活では満足できないに違いない。金叔父のように、彼も遠くに羽ばたいていくのだろう。お與喜は不意に胸に水が流れるような寂しさを覚えた。自分の意志でどうにもならない生活。今の生活が嫌ではないのだけれど……。お與喜は小さく溜息をつく。どうして、自分は男に生まれなかったのだろうか。この顔のようにきりりとした男に生まれていれば、大きな夢も持てたのに。

「道ちゃんも、がんばって大きくなって、夢を持ってね」

背中の弟にそう言ってゆすり上げる。満腹の道は何も応えず、すやすやと眠っている。

その3　縁談

四月、瀬戸川の水が、品野や赤津から流れる雪解け水で増水し始めた。昭和時代になると、瀬戸川は陶土を含んだ水で白く濁ったが、このころはまだ澄んでいた。人々は大根やにんじんなどの野菜の泥を落としたり、洗濯をしたりした。夏に少年たちは水遊びをした。

瀬戸村の真北に位置する窯神さんの森に、ちらほら桜が咲きだした頃、松本屋に仏壇屋のおよねがやってきた。いつもの前掛け半纏姿ではなく、羽織などを着込み、妙にめかしこんでいる。

「へえ、ごめんやあす」

およねは、大声を出した。

「おや、これは、仏壇屋のごっさま。何かお入用なものがございましたかの」

おとっさまが、帳場から声をかける。

「今日は買い物じゃありゃせんわ。縁談じゃや。縁談を持ってきましたでよう」

彼女の声は、格別に甲高くなった。

彼女が持ってきたのは、お與喜の縁談であった。

「赤津の二宮さん、知らっせんかや。江戸時代から続いた大きな窯焼きでよう。享保窯と言わっせるがよう。跡取りがおらっせんで、ごっさまのお里から甥の金次郎さを婿養子に迎えやあしたがの。なに、お里も品野の大きな窯焼きだがや。金には不自由はしとらっせんでよう。お與喜ちゃんの話をしたら、ぜひ、嫁に貰いたいて言うとりゃあすがのう」

「ほう、そんなお家からの縁談ですか。ありがたいことでございまするな」

おとっさまは、いつものように、静かに答えた。

「ま、お沙希さまが嫁がっせた裕右衛門さんほどの格式はないがの。次女だから、格式は長女よりもちょこっと下がええじゃないかん。窯焼きとしてはどえらいこと、大もうけしとらっせるし」

「あそこの羽振りは役所でもよう聞いておりまするが」

「まあ、そんな窯焼きのお家だと、職人衆もたくさんおりなさるでしょうね」

奥から出てきたおっかさまが聞く。

「そりゃあ、ぎょうさん（たくさん）、使ってござるわ」

と、満足げなおよねおばさん。

「その方たちの食事の世話もしなければなりませぬか」

「当たり前じゃわ。嫁がもろ衆（窯焼き衆）の面倒も見られんでは、困るがん。ほやけど、下働きのばあややねえやも使っとらっせるし、お與喜ちゃんなら十分こなせることやらあ」

「はあ」

「あれ、ごっさまは、お與喜ちゃんにも、お役人の旦那さまをお望みかや」

およねは、少しむっとした表情になった。自分の持ってきた縁談が、二つ返事で受け入れられると思っていたのだろう。

「そうではございませぬが、お與喜もお役人くらいのお家で、気楽に暮らせたらと思っておりましてね」

おっかさまは、いつもになく気弱に口を濁す。

「お與喜ちゃんは、お前さまの厳しいしつけで、家事でも店番でも何でもこなせるお子じゃろう。もろ衆くらい束ねられんでは、だちゃかん（埒があかん）」

およねは、何が何でも縁談をまとめたい様子である。

ふすまの陰で聞いていたお與喜は、おっかさまが自分の身をこんなに案じてくれていたのかとはっとした。おっかさまのしつけの厳しさには定評があり、子供の頃には意地の悪い人だと、ずっと思っていたのだけれど、おっかさまなりの愛情があったのだと、今頃になって感じられるようになってきている。

「まあ、ちょこっと考えさせてくださりませぬか。お與喜にも聞いてみませんとな」

と、おとっさまが口をはさむ。

「わかりました。じゃが、ようお考えやあせ。お宅のお娘御のご器量も考えなされや。お役人がええて、のんきに選べる場合じゃありゃせんわな」

およねは捨て台詞を吐いて、帰っていった。

ひと月ほど考えて、お與喜は嫁に行く決心をした。十七歳というのは、この時代の娘の適齢期である。自分の下にはまだ、お亜以もお比佐もいる。行き遅れになって、正や道の世話になって生きるのもいやである。それに、およねおばさんの言ったように、自分の器量のことを考えると、縁談が来ただけでも幸せな気がする。

おとっさまと、おっかさまが言う。

「お與喜、無理して行かずともいいのだよ。そりゃあ、二宮さまは今は羽振りがよさそうだけど、金銭的にしっかりしたお家だという噂もある。それに、多くの職人衆の世話は大変じゃ。まだまだ、気楽なところから縁談もくるだろうし、あせることはありませぬ」

「はい」

と、頷いたものの、お與喜はやはりこの縁談を受けようと思う。第一に、名前がいい。二宮金次郎というのは、安政時代のあの二宮尊徳先生と同姓同名である。同じ名前ならば、きっと性格も似てくるに違いない。色々な工夫をして学問し、立派な農業政策を立てて、小田原藩を立て直したという話は、高等科でも習ったし、おとっさまからも時折聞いていた。おとっさまは、山方同心を辞めるに当たって、お百姓が出来る体力があったら、尊徳先生のような生き方もしたかったのだが、体力がないため商売を選んだのだった。

第二に窯焼きという家業が気に入った。釜焼きは物を造りだす仕事だから、それに携わっている金次郎というお人は、きっと生き生きしたお人に違いない。それに、親元ではなく、叔父の家の跡を継いだというのも、なんとなく覇気があるように思えて、お與喜の胸は高鳴った。そして、その人は、どんなお顔立ちなのだろう。会ったこともない人を想像して、彼女ははっとした。その人の顔が、金叔父か、あの、この間出会った増五郎の若々しい顔しか思い浮かばないのだ。この当時、縁談は親同士が決めたり、親戚からの世話で、家の格式がつりあった者同士の結婚が多かった。写真などはまだ庶民の間には出回ってはいなかった。そのため、顔も見たことのない人の元へ嫁ぐ場合がほとんどである。お與喜の場合も写真などは取り交わされず、双方とも、相手の顔も知らなかった。

おとっさまがおよねに縁談をお受けすると返事をすると、二宮家からも依存はないという返事が来た。おっかさまは覚悟を決め、お與喜のために、精一杯の嫁入り支度をした。桐の箪笥一対、鏡台、四季の着物から帯にいたるまで、一流の品を買い整えた。白珊瑚や紅珊瑚や翡翠の簪、鼈甲の笄《こうがい》、鼈甲や塗りの櫛、翡翠の根掛け、お茶道具なども買い整えた。もちろん、これはお沙希のときにも同じように揃えたもので、このころの松本屋の繁栄があったからこそできたのであった。

その４　芝居見物

結納が取り交わされてまもなくの皐月の頃、おとっさまが家族みんなに言われた。

「お與喜は娘として以上に、よく松本屋の仕事を手伝ってくれた。お礼の体もだいぶ回復したことじゃし、わしはお與喜とお亜以とお比佐を芝居見物に連れて行こうと思う」

「まあ、お芝居ですって」

お與喜よりもお亜以のほうが嬉しそうな声を上げた。

「おぬしはついでじゃぞ。お亜以」

「はい、わかっておりまする。でも、おとっさま、おっかさまはどうなさるの」

「道が小さいもの。わしは留守番いたしまする。みんなで行っておいでなされ」

と、おっかさま。随分と柔和な表情で、おとっさまに会釈する。そこで、おとっさまは話を続ける。

「これは、おっかさまとも相談の上で決めたことじゃや。名古屋の南伏見に御園座という歌舞伎の大きな小屋ができる話を知っておるかの」

「いいえ」

「今月の十七日が柿落としじゃそうな。まあ、初日にはとても無理としても、一度見物かたがた行ってみようではないか」

「まあ、ほんとうでございまするか」

お與喜は、胸がわくわくした。おとっさまが調べたところによると、御園座は名古屋の大須のお観音さんより、二里ほど北、南園町一丁目から南伏見町にまたがって建てられた劇場である。明治三十年五月十五日に落成し、十七日から杮落としの興行を開く予定である。初日は当代一流の歌舞伎役者、市川左團次が来るという話であった。おとっさまは、歌舞伎や能狂言が好きで、瀬戸村や水野村に興行が来るときには、必ず娘たちを連れて行ってくれたのだが、田舎興行の芝居には、名代の役者はほとんど来ない。

「嫁入り前に、せめて一度くらいは、本物を観ないといかんぞよ」

と言うのは、おとっさまの口癖で、お沙希の結婚の前には、お沙希とお與喜を伊勢参りに連れて行っている。

「今度も、道中、歩いて行くのですかん」

御園座までは瀬戸村から七里ほどとのこと。お伊勢さんへ行くときは、親戚数人と連れだって水野街道を港までずっと歩き、そこから船に乗ったのだが、楽しくても大変に疲れた経験であった。この明治三十年頃には、国鉄中央線もまだ開通してはいなかった。庶民はただ歩き、せいぜい駕籠を雇ったのである。

「いや、今回は馬車を使おうかと思うておる」

おとっさまは、少しいたずらっぽい表情になった。

「まあ、乗合馬車でござりますか」

瀬戸村では明治二十八年に、名古屋までの乗合馬車が出来た。瀬戸の陶磁器産業は、この時期順調に発展し、名古屋との行き来も活発化していた。

「いや、乗合馬車はなかなか賑わうそうじゃし、宿までは相当に歩かねばならぬ。今回は馬車を借り切ったのよ」

「まあ、おとっさま、お宿まで行ってくれる馬車でござりまするか」

「そうじゃ。というのも、この間久方ぶりに沓掛の千兵衛に逢うてな」

沓掛の千兵衛というのは、沓掛村出身のやくざの親分である。千兵衛は文盲のため、昔からおとっさまに文書の作成を頼みにやってきていた。素人衆には絶対に迷惑をかけないと、部屋には上がらず、徹底して、分をわきまえた大親分であった。

「まあ、このところ姿を見せなかったから、もう来ないものと安心しておりましたのに、旦那さまは、まだお付き合いがござりまするのか」

やくざ嫌いのおっかさまが、つんつんした声を張り上げた。

「まあ、そう言うな。たまたま、鳥銀の寄り合いで行き逢うたのじゃ。千兵衛は近頃、馬車を使って運送を始めてな。地道な商売に替わったそうなよ」

「そんなこと、とても信じられませぬ」

「ふむ、だが、あやつがわしに迷惑をかけたことは一度もないぞ。人は信じられれば、そのように振舞うものじゃ」

「また、旦那さまはお人がよいから」

「いや。千兵衛の商売、なかなか瀬戸物の運搬には役立っておるげな。たいした繁盛のようじゃぞ。あやつは、そのうちに、個人的な貸切馬車でも始めようかなどと新しい考えを持っておる。その馬車の試作品があるそうじゃ。エゲレスから輸入した馬車を見本にして、鍛冶屋に数台作らせたそうなよ。それに乗って芝居見物に出かけたらどうかと、勧められたのじゃ」

「まあ、滅相もない。馬車のことまでは、うかがってはおりませぬ。お前さまは、昔から奇抜な考えをお持ちになりまするな。嫁入り前の娘たちをそんなものに乗せてどうするおつもりでござりましょう」

おっかさまは、呆れ顔である。

「わしは、乗りたいです」

お與喜は、勇んでいった。

「わしも、わしも」

お亜以も嬉しそうに叫ぶ。

「おとっさまもご一緒だから、安心でござりまする」

「わしも行きたい」

小学二年生になったばかりの正も叫ぶ。

「おう、そうじゃな。正、おぬしは我が家の跡取り。大人しく芝居が観ておれるなら連れて行ってやろう。男の子はなおさらに見聞を広げねばならぬぞよ。なに、青山のおやゑおばさまのご一家も行かれるそうだ。ほかにも蔵所の旦那衆が行かれる。心配はなかろうて」

おとっさまは涼しい顔である。青山のおやゑというのは、おっかさまの妹で、江戸時代からずっと瀬戸村の米の集積を扱っている家に嫁いだ。屋号を米屋といい、瀬戸川沿いに大きな旅館を経営している。役所の宴会や、窯焼きの大旦那方の宴会は、大体ここである。

結局、相当大勢の旦那衆も行くことになり、総勢二十名ほどの一行が、馬車五台に分乗し、出かけることになったのであった。

柿落とし初日には、木戸銭が半額になるとのことであったが、申し込みがあまりに多く、一段落してからにしようということになった。

五月十八日付の扶桑新聞によれば、「御園座の左團次一座、開場前日より入場申し込みあふれんばかり、さて昨朝いよいよ開場となるや、場内ほとんど爪も立たず、木戸締切にあいて、小屋前に小言たらたら空しく佇立する者、百千を以って数う。実に劇界近頃の盛況にてありし」と、書かれている。

なお、このころの木戸銭は一人十三銭だが、桟敷、平土間、中場、大入場とそれぞれに違っており、千兵衛親分は、芝居茶屋を経由して購入しているから、おとっさまは花道の側の四人詰め桟敷四円二十銭を支払ったのであった。もちろん、料理、酒その他、宿代も別途に支払うから、なかなかの出費でもあった。

柿落としに遅れること十日あまり、松本屋の前に馬車が横付けされた。大きな鉄の車輪、ぴかぴかに光った塗りの車体の、想像した以上に見事な馬車であった。

「まあ、きれい」

馬車に乗り込むと娘たちは驚愕の歓声を上げた。それもそのはず、中の座席は濃赤色のビロウド張り、背もたれは高く、小柄な松本屋の五人と千兵衛ならば十分にゆとりがある。

「ほかの皆さまのお馬車もみんなこんな豪華ですか」

千兵衛に訊くと、

「いや、これは、エゲレスから取り寄せた見本の車でござりましてな。松本屋の旦那さまにはお世話になっているから、特別でござりますするわ。他の三台は貸し切り用にそれぞれ設えましたが、もう少し簡単な造りでござりまする」

と、いたずらっぽく答えた。

六人で賑やかにおしゃべりしながら乗っていく。千兵衛はまた律儀にも御者の隣に座るといったが、堅気の運送業に替わったのだからと、無理に勧めて同席してもらう。豪華な馬車とはいえ、ひどく揺れた。当時の道路事情は悪く、途中そろばん街道などもあって、長く乗っていると、胃の腑が飛び出しそうな気分になった。吐き気をぐっとこらえていると、お比佐と正がもどした。早速介抱したりして、宿屋につくと、ほっとした。

泊まった宿から、御園座までは半里もなかった。次の朝、御園座の前に立って、お與喜は息を呑んだ。芝居小屋というものではなかった。両端に大きなドームがあるねずみ色のルネッサンス式洋風建築の大劇場である。もちろん、この時点では、お與喜はルネッサンスもドームも知らない。ただただ、立派な建物とびっくり仰天した。ちなみにこの建物は、間口十五間、奥行き二十七間半で、東京明治座のデザインをそのまま用いたものであった。

お與喜は夢見心地で劇場の中に入る。玄関の左には立派な芝居茶屋が五軒ほど軒を並べていたが、ぼうっとした彼女の目には入らない。驚いたのは、中に入ってものすごく高い天井があり、そこからシャンデリアなるものが吊り下げられていたことだった。後で聞いたところによれば、このシャンデリアは、名古屋では作ることが出来ず、東京の芝区にある工場に特注したものとのこと。このシャンデリアには、電球二十四個が使われており、見つめていると目がちかちかした。

客席は全部畳敷きの桝席になっていて、平場はすべて二人詰、花道と仮花道の両側は四人詰になっていた。二階は六人詰桟敷で、そのほかに大入場などがあった。桝席の合計は一階二階合わせて、千二百十六人という大きなものである。

場内の豪華さもさることながら、桟敷に集う人々を眺めて、お與喜は自分が恥ずかしくなった。あでやかに着飾った女性はみなほっそりとして、美しく見える。そして、とても垢抜けて見えた。自分もたっぷりとした見事な自慢の黒髪を島田に結い上げているし、おっかさまがあつらえてくれた上等な絹の着物と被布を着ているものの、なんと、自分はごついのだろう。ちんまるで、小太りの自分の身が悲しくなった。そこへ行くと、顔は同じようなものの、お亜以は背丈があるから、少しは格好よく見える。

「どうした、お與喜。浮かぬ顔をしているではないか。昨日の馬車旅が疲れたのかな」

おとっさまが聞いてくる。

「いいえ、いらっしゃってる皆さまが美しすぎて、ご立派すぎて、気後れしているのでございまするる」

お與喜はか細い声で答えた。

「そうじゃのう。みな、美しい方ばかりじゃや。だが、美しく見えるのは、みんなが面白いお芝居が見たいと喜んで、笑顔になっているからではないかな。見かけばかり気にするのは、お與喜らしくないぞよ。ここでは、ただ、芝居を楽しめよ」

おとっさまは、優しい目でお與喜を見つめる。

隣の四人桟敷では、おやゑが愛知一中に入ったばかりの従弟と座っている。

「いくら、正ちゃんが小学生とはいえ、そちらは五人では窮屈ですね。正ちゃん、こちらへおいでなされ。こちらは一人分空いておりまするぞな」

と、呼ぶ。おやゑの亭主は大事な客が来ることになり、急に戻ったとのこと。常日頃から従弟と仲良くしていた正は隣の桟敷に移った。おやゑの桟敷に、一人見知らぬ若者がいた。頭を坊主に刈ったその若者は、小柄だがなかなか格好のよい若者であった。

「この方はね、伊賀からいりゃあしたのじゃわ」

「伊賀といいますと」

「伊賀者の里、今では三重県です」

と、青年が答える。はきはきした口ぶりに、

「まあ、遠いところから」

「わしの一中の先輩でな。かの雑賀孫六因縁の寺の跡取りなんじゃぞ」

従弟が自慢そうに言い、かえって青年は照れている。

「ほう、それは、それは」などと、挨拶しているうちに、芝居が始まった。

芝居が始まったら、つまらないことはすべて忘れた。石川五右衛門を題材にした芝居に引き込まれた。最後の処刑では涙がこぼれた。次は、曽我十郎、五郎のあだ討ち話になり、華やかな立ち回りに見とれた。朝八時から始まって夜十時までの長時間の興行であるが、休憩が多く、茶屋でくつろぐこともできるので、気分はゆったりとしている。茶屋でお弁当を食べていると、大勢の芸者衆を引き連れて、賑やかに騒いでいる若者が目に付いた。

「あらま、あれは鳥銀さの総領じゃわ」

おやゑおばさんが言った。

「こんなお芝居を見る場所で、華やかなこと。鳥銀さがいくら一生懸命に稼いでも、若旦那

の和夫さが湯水のように使っては身代が持ちますかしら。ほら、あの少し離れたところで、困った顔をしているのは、弟の増五郎さじゃないかのう」

確かに、書生姿で芝居の絵番付を開いたり閉じたりしているのは、この間出会った大きな瞳の増五郎である。弟の道を背負って、姉のお沙希の許へもらい乳に行った帰り途に、たまたま行き会ったのである。大柄な体をもてあますかのように、兄の後ろに隠れるようにしている。こちらから見える整ったうなじが若々しく、大きな体にしては華奢な首をいっそう長く見せていた。お與喜は目が離せなくなりそうで、急いで顔を伏せた。

「瀬戸村からも、かなりな人数が来ておるようじゃのう。これだけの芝居は今までは見られなかったからのう」

おとっさまが、感心したように、茶屋に集まる人々を見た。

「この茶屋の作りもなかなかにたいしたものではないか。日本に誇れる芝居小屋だぞな」

休憩後に頼朝と影清の芝居があり、最後は踊りで一日の出し物が終わった。

その夜はもう一晩宿に泊まり、翌日、大須のお観音さんをお参りして、また、迎えの馬車に乗った。

「おとっさま。ありがとうございました。與喜は、今度のお芝居見物の旅を忘れませぬ。おとっさまの娘に生まれたこと、生涯感謝いたしまする」

お與喜は心から、父に感謝した。

その5　嫁入り

お與喜の嫁入りの日がやってきた。もみじが色づくには少し間がある、神無月の晴れた日であった。朝から、髪結いのおばさんがやってきた。

「なんと、お與喜さまの髪は黒くてたっぷりありゃあして、いつ見ても惚れ惚れいたしますわん。高島田の結い応えがござるわ」

髪結いさんが褒めちぎる。昨晩、米のとぎ汁でよう洗い、卵をひとつ奮発して艶を出した髪である。

「不器量だから、見栄えがいたしませぬ」

と、お與喜が言うと、

「何の、白粉をたっぷり塗るから大丈夫。そうじゃ、眉も少し細く整えておきましょうな」

と、顔剃りもしてくれる。首筋から背中にかけてまで、すっかり剃りあげられた。お與喜は恥ずかしくて、全身がくすぐったくなる。やがて、顔に刷毛でべったりと、液状の白粉が塗りつけられた。首筋、手の甲までくまなく白塗りにされ、まるで歌舞伎役者のようである。次には、紅筆で目の縁を彩る。大きいと気にしていた唇には、真ん中あたりにちょっぴりと、しかも濃く紅が載せられる。鏡に映して見てみると、鼻先のおっぴろがったのは隠しようもなく、真っ赤なおちょぼ口はなんだか喜劇的で、お多福のようである。こんなのいやだと泣きたくなったが、周囲のものはみんな綺麗だと口々に言う。妹たちは、

「わあ、姉さま、可愛くなった」

と、はやし立て、お與喜は穴あらば入りたい気分であった。

おっかさまの新調してくれた黒留袖をお引きずりにして、おっかさまがお嫁入りに着たという金襴の帯を結んでもらい、角隠しをつけたら、お嫁さんの出来上がりである。

「お與喜さまは、肌がすべすべじゃで、白粉の乗りもよいわな。見てみなされ、可愛い花嫁御寮やがん」

髪結いさんが手鏡をかざしながら、後姿を映してみせてくれた。斜め上から見ると、確かに十七歳のお與喜は初々しく見え、しらけていたお與喜もさすがに嬉しくなった。花婿は背が高いと聞いていたから、上から見てもらえばいいかしらと思ったりもする。もちろん、この時点でも、お與喜は花婿の顔を見ていないのだった。

「おめでとうござります る」

姉のお沙希が駆けつける。

「もっと早うに来たかったのですが、あいにく、むねと勇雄が同時に熱を出しましてな。お姑さまとばあやにお願いしてまいりました」

「まあ、むねちゃんが。大丈夫かしらん。わしのことはいいから、姉さま、お帰りになって

くださりませ」

お與喜は不安で胸が痛くなる。むねは元気だけれどよく熱を出す子であった。

「子供の熱じゃもの。大丈夫じゃろう。宴会前に帰らせてもらうわね。お姑さまと替わりますから」

お沙希は、持ち前ののんきそうな表情で笑う。

「でも、むねちゃんが、心配……」

「大丈夫じゃや。ほら、花嫁さんがそんな不景気な顔をしてたら、あかんがん。今日はお前のお祝いじゃやのに」

お沙希は優しく、鼈甲の花簪を直してくれる。

「よう姉さま」

三女のお比佐が抱きついてきた。

「姉さまがこの家からいなくなったら、わしは寂しい」

お比佐はめそめそ泣き出した。それを見て、お亜以と正が、やっぱり泣き虫だとはやし立てる。

「ひいちゃ、わしのお嫁入り先はすぐ近くだもの、いつでも遊びにおいでな」

と慰めて、涙の跡がついた頬を拭いてやる。やっとお比佐は泣き止んだ。

表でわっと歓声が上がる。

「何の声ですかん」

と訊くと、

「餅投げが始まったのじゃよ」

おとっさまが寂しそうに答えた。

「さあ、お與喜、家を出る刻限じゃぞ」

座敷で挨拶をすでに済ませているものの、さすがに涙が出る。赤津の嫁ぎ先までは一里ほどしか離れていないけれど、今日からはこの温かい家を出て、誰ひとり顔も知らぬ他人の家の一員になるのかと思うと悲しかった。

表ではまだ餅投げが続いている。このような華々しい席には、決して顔を出さない千兵衛親分からは長持ちいっぱいの袋詰め菓子が送られてきていた。おっかさまの里からも、大箱に入った餅が届けられている。

「さすがに、松本屋じゃ。餅の量も、あられ菓子の量も違うわ」

「四年前のお沙希さまのときも、仰山《ぎょうさん》（大量）やったが、今日はまた、菓子までか。どえらい大盤振る舞いじゃの」

どこから集まったのか、顔も知らない人々までが、家の前で餅を奪い合っていた。まるで、村中の人が集まったかのような騒ぎである。

家から嫁ぎ先まで一里足らずなので、花嫁行列を組んで歩いていく。花嫁御寮のお與喜だけがお駕籠に乗った。

「嫁入りよお、嫁入りよお」

と、歌いながらいく先払いに続くのは、家紋のかたばみをつけた提灯持ちである。夜でもないのに明かりをともしている。次に行くのが桐の箪笥の担ぎ手である。箪笥はひと棹が三つに別れる。側面にそれぞれ鉄の金輪がついていて、そこに青竹を渡して二人で担いでいく。ふた棹だから六つに別れることになる。だから、担ぎ手が十二人も要った。そのほかにも、鏡台、長持ち、布団袋、それぞれに大勢の担ぎ手が要った。それぞれに、丸に二の字の裏紋を染め抜いた紫の布（油単）がかけてある。荷物の後から、花嫁の駕籠が続き、その後を両親と親戚が並んで歩いていく。親戚が多いので、長い花嫁行列であった。餅拾いの者たちも行列の後にぞろぞろとついてくる。嫁ぎ先の享保窯でも多分餅投げがあるだろうから、そちらでも拾うつもりなのだろう。

花嫁行列がつくと、新郎方の親戚縁者と、享保窯のもろ衆がこぞって出迎えてくれた。餅投げはもう済んでしまったとのこと。しかも、この家はけちくさいから、この家のもろ衆以外の者にはほとんど行きわたらなかったとのこと。ついてきた者たちは、ぶつぶつ言いながら帰っていった。

それでも、婚礼には瀬戸村や赤津村、品野村などから窯焼きの大旦那なども集い、二宮の家の親戚は意外と少なそうだったが、こちらの松本家の親戚が多いので、賑やかに行われた。

お與喜は婚礼の式で初めて夫となる人を見た。目の細い、寂しそうな顔立ちの男である。

背は高いものの、へらへらとして、花婿のくせにあちらこちらにお酌ばかりしている。細い目でせわしなくきょろきょろと辺りを見回し、落ち着きがない。少しがっかりした。

無我夢中で三々九度の杯を交わし、長い宴の後、相当に宵がふけてから、やっとお開きになった。花婿はぐでんぐでんに酔いつぶれ、お與喜はひとり寂しくおっかさまがしつらえてくれた銘仙の普段布団に寝た。知らない家でのひとり寝は寂しく、不覚にも涙がこぼれて仕方なかった。

次の朝、お與喜は暗いうちに目覚めた。なんだか体が重いと思ったら、いつの間にか隣に、新郎の金次郎が寝ていて、彼の太い二の腕が、自分の胸の上にまで伸びていた。もしや昨晩とも思ったが、何も覚えていない。あまりに疲れ過ぎて熟睡してしまった。暗い中で金次郎の顔を透かしてみると、大口を開けて、なにやら間延びしただらしない顔である。またもがっかりした。起こさないように、そっと身支度を済ませ、台所に行く。まだ誰も起きていない。お釜の中を見ると空っぽだった。米櫃を覗くとたっぷりとある。土間には松本屋からも、おやゑおばの家からも届けられた米俵が、たくさん積み上げられていた。土間を出てすぐの勝手口近くに井戸が見える。なかなか便利な家である。

お與喜は、お釜に二升分の米を計り、井戸端でしゃかしゃかと米を研ぐ。まずは、みんなに腹ごしらえをしてもらおう。そう思った。お釜を竈にかけて火をおこす。ついでに大鍋にお湯も沸かす。味噌汁も作るつもりであった。

「おやまあ、お輿喜さ、こんな朝早くから起きやあしたのかな」

お姑さまが起きてきた。

「嫁入りの次の朝くらい、朝寝しても許されるぞよ。おまさん、働き者じゃのぅ」

と、優しく笑う。

「あの、お聞きせずに米を二升ばかり炊いてしまいましたが、よろしうございましたでしょうか」

「ひえっ、二升とな。また、どえらく炊いたもんじゃな」

「多うございましたでしょうか」

「当たり前じゃわな。しかも、白米ばかりでか」

お姑さまは絶句する。やっと起きてきたばあやとねえやがそわそわと、目配せする。

「おまさんは家族の分だけ炊かっせよ。八合くらいでええぞな。それに白米ばかりなどと、そんな贅沢はいかんわ。いつもは、麦を三割入れるのじゃ」

そういえば、米櫃の隣には、麦を入れた藁袋があったのだった。

「まあ、申し訳ないことをいたしました。残りのご飯は職人さんに食べてはいただけませぬか」

「もろ衆には、麦五割でよい。白米ばかりなどもったいないがん。ああ、でもよいわ、よいわ。今日はまだ婚礼に来られなかった仁が、挨拶に来られるかもしれんて。汁と飯くらいは、用意しとく方がええわな。おまさんのお里からいただいた米俵が仰山積んであるのに、そう渋ってもおれんしな」

「はい、では、お客さまのために、煮物でも作りましょうか」

「そんな、もったいないこと。味噌汁と菜漬けだけで十分じゃぞよ」

お姑さまは、細々と注意を始めた。この家は少しけちな家だという評判どおり、食事は粗末らしかった。この家では、家族ももろ衆と同じく、麦飯を食べる。もっとも、もろ衆の食事の世話はねえやがするから、お與喜は家族のものの食事だけでよいとのことである。お昼は、せいぜい目刺しとたくわん。夜も野菜の煮物と味噌汁といった粗末なものである。もろ衆には菜漬だけのこともあるらしい。お與喜の家では、沓掛村の頃から鶏を飼っていた。だから、ひとり一個とはいかなくても、玉子焼きの二切れくらいは朝ごはんに食べていた。青菜のおひたしには鰹節も削ってかけていた。池には鯉も飼っていて、お客のあったときには、鯉こくも出した。それに比べると、びっくりするほどの粗食である。

台所の横の、囲炉裏の間に家族がみんな勢ぞろいする。といっても、お舅さまと、お姑さま、窯焼きを手伝っているお舅の弟と、金次郎の弟、それにお與喜だけである。金次郎はまだ朝寝しているらしく、姿を見せない。呼んでこようとすると、

「寝せといてやりなされ」

と、お舅さまがにそりと笑った。

「昨夜はお楽しみじゃったかのう」

間のすいた味噌っ歯を見せて、少々いやな感じがする。

「ま、おまさん、お與喜さは品のよい育ちじゃから、びっくりしておるがな。言葉に気をつけなされや」

お姑さまがお舅の膝を音を立てて叩いた。お與喜はさらにびっくりする。実家では、娘たちには厳しいおっかさまも、おとっさまには口答えひとつなく、従順に仕えていたのだ。

ばあやとねえやはもろ衆たちと、窯の側の小屋で食べるから、食事時に顔を見せなかった。当然、お給仕はお與喜になる。みんなにご飯を一杯ずつよそおうとすると、舅はじめ男たちが口々に言う。

「山盛りについでくれ」

「てんこ盛りにしてくれよな」

妙なことを言うものだと訝しがりながら、それでも言われたとおり、みんなの茶碗にぐいぐいご飯を盛り付けた。お姑が言った。

「お與喜さ、おまさんの分もついでおきなされ」

「わしは、みなさまの後で結構でござりまするが」

「あかん、あかん、自分の分は確保しなされや」

お姑は、茶碗にこそっとご飯をよそうと、お與喜の箱膳に乗せた。それから、着物の袂から木綿の風呂敷を出してお櫃をくるりと包み、抱えて奥に持ち去った。

「あれ、おっかさま」

お與喜がその姿を見送っていると、金次郎の弟が言う。

「お與喜さ、この家ではな、飯を一杯しか食わさんのじゃ。じゃから、これからも、山盛りに盛ってくれよな」

「ええっ」

「まったく、けちなばあさまじゃから、かなわんて」

お舅の弟もうなずく。お與喜が後になって思い出す限り、お姑はご飯は一杯だけしかくれなかった。すぐに、お櫃をどこかへ隠してしまうのだ。しかし、これは、誰に対しても平等に一杯だけで、お與喜に対して分け隔てがあったわけではない。お姑は始末屋であったが、意地悪な人ではなかったのである。

夫の金次郎は、お昼ごろに起きてきた。昨日の深酒が残っているのか、顔色が青黄色く見え、無精ひげが伸びかかっていた。

「おぬし、よう寝る女子じゃのう」

不機嫌そうに歯切れの悪い物言いである。

「はあ」

お與喜は金次郎が何を言うのかわかりかねた。

「夜中に揺り動かしたが、目を覚まさなかったぞな」

「あら、そうでございましたか。申し訳ございません」

「まあ、ええわ。おぬしゃ、面はまずいが、乳はでかくて、ええ体じゃのう。今晩は眠るなよ」

「ええっ」

お與喜は思わず胸を押さえた。

「乳をつかんでも、目を覚まさぬ女子は初めてじゃわ。のんきなやつじゃ」

金次郎はにそりと笑った。血がつながっていないのに、義理の父と同じ笑い方をする。その笑いがどうも野卑に見えて、お與喜はまたも落胆した。

午後、お客は次々に現れた。お姑の指示通りのご飯と漬物だけでは、なんとなくお客に対して申し訳ないから、煮味噌を鍋いっぱい作ってしまった。煮味噌とは、土手煮をこってり甘くしたようなもので、芋やにんじん、だいこんなどの野菜、贅沢なときは鶏肉を入れて、どろっとするほど濃い味噌で煮込んだものである。汁は味噌汁だと、味が重なるから、澄まし汁を作り、ぱらぱらとそうめんをいれると、うまいと大評判であった。

「まったく、お與喜さの大盤振る舞いには驚いたわ。もったいないことじゃったが、お客人は大喜びさっせたし、たまにはこういうもてなしも良しとせな、だちゃかんて」

お姑は渋々ながら、案外あっさりと認めてくれた。

「おまさん、なんと煮物の味のよいことかの。こりゃあ、もうけものの嫁ごじゃわ」

お姑は、食べ物にはけちだが、ほめるのはただだから、景気よくほめてくれる。これは、この後も同じで、お與喜はお姑の気性は好きであった。

それに比べると、夫の金次郎はなんだか陰気くさく、誰に対してもへらへらしているかと思うと、仏頂面をしてふさぎこんでいる。お與喜は、金次郎の機嫌を計りかねた。

それでも、金次郎は寝床では人が代わったように荒々しく、お與喜をもてあそんだ。婚礼の次の夜、夫にのしかかられ、べたべたの涎くさい口で唇を吸われた。顔中が涎だらけになり、お與喜はそっと枕もとの懐紙で顔を拭く。金次郎は出っ歯気味のため、唇が歯に当たって切れ、血がにじんだ。明日の朝腫れたりしないかと心配になる。乳房をぎゅっとつかまれたり、無理やりに両足をこじ開けられ、下半身に激痛が走ったときには、嫌悪感で叫びだそうかと思ったほどだ。だが、これも日が経つにつれ、いつしか慣れた。夫婦というものはこんな不愉快な儀式を毎晩行うものかと、まだ十七歳のお與喜は不思議に思う。

三日目に、またも里方から米俵が五俵届けられた。聞くと、千兵衛親分がこっそりと名を隠して贈ってくれたものとわかった。いくつになっても可愛がってくれる親分に感謝する。

お與喜は、米俵をむんずと持ち上げ、もろ衆の集う小屋へ行く。店で米を扱っていただけあって、お與喜は小さいながらもたいした力持ちなのであった。

「ま、若ごっさま、どえらいなも。おひとりで、持ち上げやあしたか」

ばあやとねえやが、腰を抜かさんばかりに驚いた。

「あら、そんなに驚かんでも。お前さまがた、持ち上げられませぬか」

「そんなこと、できせんて。これでもか弱い女じゃもの。きまっとるがな」

してみると、やっぱり、自分は男の生まれ変わりだろうか。お與喜は少し恥ずかしく思う。

松本屋では、米のほかに紙も扱っている。最近は、米をやめて、文房具一本にしようかという話もある。このころの紙は、大きな棒に巻いたままで来る。それを小売店で、使いやすい大きさに裁断しなければならない。お與喜は、裁断機でも腕を振るった。そのためか、腕相撲は男の同級生にも負けたことがない。おとっさまもおっかさまも体が弱く、すぐ息が切れるたちだから、米を運ぶのもお與喜が引き受けた。お與喜の腕力は、実家の手伝いで、徐々に身についてきたのだ。

「わしからの引き出物でござりまする。今日は窯入りとのこと。お祝いに白米のご飯を炊いてあげてくださりませ」

「ええっ、ええのかのう。ごっさまにど叱られんかね」

ばあやが心配する。

「これは、思いがけないところからいただいた贈り物。お姑さまには、これ一俵だけとお願いしてきましたから、大丈夫」

こっそり聞いていたもろ衆から、歓声のどよめきが上がる。みんなが寄り集まってきて口々に礼を言う。あまりの賑やかさに、夫の金次郎が様子を見にやってきた。お與喜がもろ衆に取り囲まれているのを見て、あからさまに不機嫌な表情になる。冷たい三白眼の目でお與喜を睨みつける。出過ぎたことをして叱られるかと、お與喜は体を小さくした。だが、金次郎は何も言わない。周りを取り囲んだもろ衆の人数を眼で数える。

「何、嫁ごが米一俵、担いできたと。どえらけないやつじゃやな。みんな、ありがたがって食えや」

顔はへらへらと笑っているものの声は冷たかった。だが、お與喜はまだ金次郎の心の動きに気づかない。

その6　お葬式

嫁入りから十日目の朝であった。台所で、朝食の後片付けをしていると、

「ごめんやあす」

と、小さな姿が入り込んできた。見ると、お比佐が泣きながら、台所に立っている。

「姉さま、早く帰っていらして」

と、泣きじゃくっている。

「なあに、ひいちゃん。また、お亜以ちゃんに意地悪されたのかん」

涙を前掛けで拭いてやりながら、優しく背中をなでてやると、頭を振りながら、お比佐は抱きついてきた。

「いつまでも、赤ちゃんみたいね。困ったひいちゃん」

お比佐は強く頭を振る。うっ、うっとお嗚咽が喉からもれて、話せないようである。姉妹喧嘩で逃げてきたのではないらしい。奥から出てきたお姑までが不審に思い、

「ありゃ、妹さんかね、どうしやあたかん」

と、訊いてくる。

「お比佐、落ち着いて、何があったか言ってごらん」

「むねちゃんが、むねちゃんが」

嗚咽の間に漏れてきた言葉にお與喜は胸騒ぎを覚えた。

「ええ、泣いてちゃわからないがん。はっきりお話し」

つい、言葉がきつくなる。

「むねちゃんが死にゃあしたの」

よく訊きただすと、婚礼の日にむねと勇雄は同時に熱を出していたが、赤ん坊の勇雄はすぐに治り元気になったのに、むねはずっと熱が下がらず、意識を失ったまま今朝息を引き取ったとのこと。

「えっ」

お與喜は思わず膝を突いた。本当に可愛がっていた姪だった。婚礼からこちら、新しい暮らしに慣れるのに必死で、むねが熱を出していたことを少しも思い出さなかった。

「わし、真っ先に姉さまにお知らせしようと、走ってきたわん。お沙希姉さまが可哀想。早く行ってあげて」

お比佐が、お與喜の袖を引っ張る。

「まあ、祐右衛門さのお孫さんかのう。そんな小さなお子が亡《の》うなりゃあしたのかん」

お姑も驚いた。

「お與喜さ、ここはええぞな。嫁入りからこっち、おまさん、なかなかに働いてくれたから、ついでに里へ帰ってお手伝いしておいでな」

「はい。でも、旦那さまのお許しがないと」

お與喜は心配になる。金次郎はへらへらしているけれど、意外に癇性のところがある。家事にかまけて放っておいたりすると、ふすまを蹴破ったり、物に当たって、何をしでかすかわからない。みんなの前ではへらへらして腰が低いのに、お與喜の前ではたいした変わりようである。ここ十日間接しただけで、ぐったりと疲れてしまった。今までお與喜の周りにいた松本屋一党の男たちは、みんな穏やかで茶目なところがある。気分が安定していたから、尊敬しながらも気楽に振舞えたのだが、夫はそうはいかない人のようである。あっさりとしたお姑とは違ったねちっこさがあった。

「金次郎にはわしが言っといてあげますで、早う姉さまのところに行かっせ」

お姑はほっと小さくため息をついた。

「わしは、子供を三人みんな、死なしておるのじゃ。悲しいことじゃった。せめて、妹のおまさんが行って、なぐさめてやらっせ」

お與喜はお姑の優しさに涙が出そうになる。夫のことは気になるものの、お姑に任せることにして、姉の元へと急いだ。

一度、松本屋に寄って、父母に挨拶してから出かけたので、お與喜がついたのは、お昼ごろだった。姉の家は駆けつけた祐右衛門家の親族でいっぱいだった。お沙希は見当たらない。姉の夫、松太郎が布団に寝ているむねのところまで、案内してくれた。すでに、むねは綺麗にお化粧までしてもらっていた。病気で死んだとは思えないほど可愛らしく、眠っているような死に顔だった。

「むねちゃん、むねちゃん」

と、呼びかけても起きてこないのが不思議なほどだ。顔を見ていると、涙が後から後から溢れてくる。姪ながら、本当にいとおしいと思った子であった。もう、あの「ちゃばちゃん」と、呼びかけてくれる声が聞けなくなると思うと、悲しくてたまらない。人前であまりにしゃくりあげるのはみっともないから、台所のほうへ逃げていく。お沙希が勇雄に乳を飲ませていた。

「姉さま」

と呼ぶと、姉は気丈にも涙ひとつこぼさず、

「こんなに早く、来さしてもらえたのかん。すまんね」

と、深々とお辞儀をした。張り詰めた表情に、姉の悲しみを思い計った。さすがに旧家だからか、お客が次々に訪れるので、お沙希はその都度、挨拶に呼ばれた。彼女は取り乱すことなく、みんなに挨拶を返している。

「士族の娘は、いつでもしゃきっとしなければなりませぬぞ。人さまの前で、取り乱した態度をしてはなりませぬ」

と、おっかさまから教わったとおりに振舞っているのが痛々しい。お與喜は甥の勇雄を背中に負い、台所方を手伝った。祐右衛門家本宅からばあややねえやが来て手伝っているものの、お沙希にとって気楽に用事を言いつけられるのは、自分だけであろう。黙って傍にいて仕事を手伝ってやろう。体を動かしていると、悲しみに耐えられる力が湧いてくる。

その夜はお通夜をした。親戚中が集まって、夜は悲しいながらも宴会のようになる。そのときの精進の料理を村人が集まって作ってくれた。五目御飯、こんにゃくの刺身、山菜のお浸し、漬物など、心のこもった田舎料理である。

次の日は葬式で、この日も村人や親戚総出である。お経が終わると、祐右衛門家の墓のある山まで、野辺送りの行列を作って、むねを送っていくことになった。姉の一家はみな白装束を来た。本来は、死者より年長の家族は野辺送りに行かないのだが、子供の場合は一族総出で見送る。家族全員が素足に藁草履を穿き、義兄の松太郎は額に三角の半紙を貼り付けた鉢巻をした。お榊や提灯、飾り物を持った親族が後ろに続く。

勇雄をおんぶしながら、お與喜は妹たちと、行列の後ろについていった。

「花嫁行列はいいけど、お葬式の行列はいややわん。悲しすぎる」

お亜以がはっきりと言う。隣でお比佐がつぶやいた。

「人はいつ死ぬか、わかるのかのう。むねちゃんってあんまりいい子だったし、早く死ぬこと、わかってたのかしらん」

お比佐の言葉にはっとする。泣き虫でも、お比佐は見るものを見、深く物事を考える子なのだと、改めてお與喜は妹の顔を見つめ直した。

「むねちゃんは天真爛漫だったね。わし悪いことした。ちっとも遊んであげなかったもの」

気の強いお亜以までが後悔の涙を流す。

「お亜以姉さまのところには、むねちゃんは化けて出るかもしれんわ。邪険に扱ってらっせたもの」

お比佐が、ここぞといつもの敵を討つ。

「おや、偉そうに。むねちゃんにまで馬鹿にされてた泣き虫のくせに」

お亜以の逆襲にお比佐が泣き出しかける。いつまで経っても仲の悪い二人である。

「ねえ、死ぬ前って予感がするのかしら」

お比佐はいつものように、重ねて聞きたがる。

「今度、雑賀さまがいらっせたら、聞きゃええがん。あの方、お寺をお継ぎになるんじゃもの。

お坊さまのご修行中じゃから、わかると思うわ」

お亜以の答えを不思議に思い、

「雑賀さんって、あの御園座でお会いした方じゃないかん。あの方、松本屋にもいりゃあしたのかん」

「お亜以姉さまはあの方に申し込まれたんじゃって。お嫁にしたいって言われたんじゃ」

お比佐が言いつける。

「いやじゃ、お比佐は。いつもふすまの陰で聞き耳をたてておるんじゃもの。まだ、内緒なのに」

「で、どうなったの。おとっさまには、お話したの」

「もちろん、あの方、おとっさまに直接申し込みにいらしたわん。だけど、おとっさまが、せめて十六歳になるまで、待ってくださいと言われたんじゃわ。まだ、二年もあるわね」

お亜以は頬を赤らめて華やいだ声を出す。葬列にはふさわしくない高い声が響いた。前にいたおっかさまが振り返って睨み付ける。お亜以は相変わらず、その場の空気が読めない。野辺送りにふさわしくない話に、心ではお亜以の幸せを喜びながらも、お與喜は袖を引っぱって、お亜以のおしゃべりを止めた。それにしても、幸、不幸は互い違いにやってくるものらしい。

お山の上の、祐右衛門家の先祖が眠る墓に、むねは土葬にされた。小さな座棺を埋めて、その上に土を盛る。小さな土饅頭に、初めてお沙希が嗚咽を漏らした。今まで、我慢していた涙が堰を切ったように溢れる。お與喜はそっと姉の背中をさするしかなかった。

野辺送りから帰るとき、お與喜は妹たちに言った。

「わしが死ぬとき、一日前にむねちゃんに迎えに来てもらうように頼んどいた。そうしたら、いつ死ぬかわかるもの」

「きゃっ、怖い。また、ようさまは奇抜なこと言わっせるわ」

驚く妹たちを無視して、お與喜は、心の中でむねに呼びかけた。

(むねちゃん、ちゃばちゃんが死ぬとき、絶対に来てよね。それまで、むねちゃんのこと、絶対に忘れないから)

目をつぶって、再び強く念じる。そのとき、お與喜の耳に、むねの「ちゃばちゃん、指切った」と言う声が聞こえたような気がした。

その7　不信

お葬式の後、精進落としのご馳走も食べず、お與喜は急いで婚家に帰った。姉には、優しい親戚の人たちがいてくれることがわかったから、安心だった。それに、おっかさまの話では、沙希は次の子を身ごもっているという。それならば、生まれてくる子の準備と、勇雄の世話で、泣いている暇はないだろう。

「申し訳ございませんでした。お葬式を無事に済ませてまいりました」

お舅や、お姑に挨拶したときには、

「おお、そうか、そうか、気の毒なことじゃったのう」

と、二人とも優しく挨拶を返してくれたのに、夫婦の寝室に帰り、夫の金次郎の前に両手をつくと、いきなり足が出た。ふすまを破って、隣室まで蹴飛ばされた。横向きに倒れこんだものの、置いてあった火鉢の角で、したたか額を傷つけた。

「馬鹿者、俺に挨拶もなく、出かけやがって」

と、えらい剣幕である。

「あの、お義母さまが旦那さまには、言うといてあげると言ってくださりましたので」

「あの婆が、何を言おうと知ったことか。俺のことだけ聞けばええ」

「はい、すみませんせぬ」

と謝ったものの、姪の葬式に出かけて何が悪いかと、心の中でつぶやく。

「大体に、お前はお調子者じゃぞ。もろ衆にも、大盤振る舞いをしたりして」

「あ、いけませんでしたか」

「いや、窯で働かせるのじゃから、たまには米くらいやってもええ。じゃが、そういうときでも、お前の手柄にすることはなかろうが。俺から、米をやったことにするのが当たり前じゃろ」

「あっ、本当にそうでございました。わしが、悪うございました」

お與喜はやっと気づく。自分のしたことは、やはり出過ぎたことであった。内助の功ということを忘れていた。それにしても、金次郎は嫉妬深い。始終この人を立てることを怠ってはならないと、はっきりと知った。

お與喜の額からは、血がだらだらと流れ落ち、着物を濡らした。さっき、火鉢の角で額を切ったらしい。

「ひぇえ」

血をみるなり、金次郎が腰を抜かす。

「どうしよう。お與喜、たいした血じゃぞ」

情けなくぶるぶると、震えている。

「こんなもの、大事ござりませぬ。手拭を濡らしてきてくださりませ」

お與喜は金次郎に命令し、金次郎はおとなしく従う。濡れ手ぬぐいで額をぐっと押さえる。しばらくすると、血は止まった。それにしても、なんという肝の小さい男であろう。お與喜の胸の奥には、落胆ばかりが溜まっていく。

ある日、お與喜は金次郎が機嫌のよいとき、訊いてみた。

「旦那さまは、由緒ある享保窯を守って、伝統の品物をお造りになるのが、夢でござりまするか」

「はあん」

金次郎は、びっくりした様子で、お與喜をみる。

「それとも、陶芸家の道を志し、新しき風を享保窯に取り入れるのが夢でござりまするか」

金次郎が、伝統か創作か、どちらの道を選ぶにしろ、その夢が叶うように手助けをするのが女房の道と、お與喜は思う。大きな夢ならば、金次郎の性格や行動に多少問題があろうと構わないのだ。

「おまさん、たわけたことを抜かす女子じゃのう」

金次郎の答えはこうだった。

「窯の品物が売れて、儲かって、遊ぶ金でもできりゃええわな」

「あの、では、窯の品物がどんどん売れて、多治見の西浦窯のように、大きな窯にするのが、夢だと」

「たわけ。夢じゃ夢じゃと繰り返すな。俺は養子じゃぞ。なんとなく、その日が暮らせて、義父さまや、あの婆さまに叱られなきゃ、それでええんじゃ」

「あの、それだけでは、つまらなくはござりませぬか」

「えい、出すぎた女子じゃのう。士族の娘は理屈が多くてかなわんわ」

その後、お與喜は金次郎に夢を尋ねるのをやめた。この人には大望がない。お與喜は、夫を理解するのをやめた。その代わり、無我夢中で働いた。一年半くらい子供ができなかった。夫婦の交わりがなかったわけではない。だが、お輿喜が金次郎に対して、ひそかに持っている嫌悪感を見抜いたのか、金次郎は時折夜遊びに出かけるようになった。

「お輿喜さ。金次郎はな、おとなしいだけで面白みのない男なのじゃ。おだてて、使やあせよ」

お姑が、そっと耳打ちする。

「おまさんは士族の娘で堅いからのう、男の前では甘えないかんぜ」

「お義母さま、わしが悪いのでござりまする。こんな不器量な者を貰ってくだされただけでも、ありがたいと思わないかんのに、旦那さまのお気にいるように仕えられませぬ」

お姑は、お輿喜の顔をじっと見た。

「なんの、おまさん、わしの若いときよりもましじゃわ。今でこそ言えるが、我が家の亭主殿はわしを嫌ってひと月も遊里に泊まっておらしたぞな。しかも、四回もじゃ。悔しいことであったわ」

「まあ、そんなことが」

「ずっと昔のことじゃがの。こういうことは、女は忘れんもんじゃ。それにしても、金次郎もそれほどの男前でもなし、男に生まれれば、勝手なことができて得だがね」

お輿喜は、お姑に対して愛情とはいかないまでも、連帯感を覚える。一家の台所を任され、どんな理不尽をされても、夫に仕えなければならない女にだけしかわからない、同志のような感情が湧いてくるのを感じる。

そして、ついにお與喜は身ごもった。つわりもなく、臨月近くまで、一生懸命に働いていたお與喜は、楽々、男の子を産み落とした。今度はお沙希と重ならなかった。お沙希は、前年、次男の啓次郎を産んでいたからである。そして、お沙希はまたも妊娠している。彼女と夫は、相変わらず仲が良いらしかった。

お與喜の息子は、直太郎といった。おとっさまがつけてくれた名前である。姉と違って、お與喜は乳の出があまりよくなかった。夫のことに絶えず気を使っているせいであろうか、直太郎ひとり分でも足りなかった。

直太郎はぐいぐいと、お與喜の乳房を吸う。飲み始めたすぐは、多く出るのでむせるが、飲み続けていると足りなくなるらしい。そこで、彼は小さな手で乳房をもむような身振りをする。その手つきが、なんだか夫の金次郎に重なり、一瞬ぶるぶるっと体が震えた。お與喜は直太郎に申し訳ないと思う。金次郎への嫌悪感が乳の出を細くしているのではないかと思ってしまう。お與喜は直太郎が必死にお乳を飲むときの表情が好きだ。まず、目が中央に寄り目になる。それほど必死に乳房を見つめるからである。そして、その表情は本当に真面目なのだ。

「この真面目さを、ずっと、お持ちやあせ」

お與喜は、そっと直太郎にささやく。直太郎の顔が自分にそっくりで、鼻はおっぴろがっているものの、夫にあまり似てないところが嬉しかった。直太郎は本当にいとしい。むねにも、道にも、勇雄にも覚えなかった、狂おしいほどの愛情が心の底から湧き上がってくる。直太郎さえいれば金次郎などいなくてもいい。お與喜はそう思った。

松本屋からはいつも米俵が届けられる。どうにかして乳の出を多くしようと、おっかさまが気にして届けてくるのだ。

「こんなに米を贈ってくだれるのは、俺が、おまさんに食わしてないと、思うとられるのかな」

金次郎が、いやみたっぷりの口調で言った。

「そんなことはござりませぬ。わしの乳が足りないのが悪いのでござりまする」

お與喜はすぐに謝る。金次郎と一緒だと、米搗きバッタのようにいつも頭を下げていなければならない。自分の士族の娘としての誇りが消え去り、徐々に自分が無くなっていくように思える。

そんなお與喜をいまだに明るく振舞わせているのは、ちょっとした手仕事である。お與喜は、小さいときから工夫して縫い物をするのが好きだった。金次郎が、窯出しの熱風で着物の裾に焼け焦げを作ったとき、うまく繕い、新品のように直して見せた。つまり、小さい穴は、腰のほうの余った布から糸をほぐし、縦糸や横糸のように、織るように繕う。すると、穴はまるでなかったように、新品に見える。大きな穴は仕方ないから、ぺたりと裏から布を当て、表布を裏に折り曲げながら丸くかがる。これは、新品のようにはいかないが、遠目ではわからない。このような繕い方を、お與喜は自然に工夫して身につけた。

もろ衆の中でも、ほころびのある股引をはいているものがいて、即座に直してやると、それが評判になった。繕い方を尋ねてきたもろ衆たちのために、お與喜は繕い物を引き受けた。彼らが今までためていた破れた着物を集めて、お與喜は面白い半纏なども作って見せた。もろ衆たちは素直に喜び、年下のお與喜を「何でもできる若ごっさま」と慕った。と、それが金次郎には面白くない。彼はもろ衆の人気をお與喜が独り占めにすることが許せないのだった。

直太郎が生まれてから、しばらく途絶えていた夜遊びが、また始まった。直太郎のこともあまり可愛がらない。金次郎は自分以外のことに関心がないようなのだ。お與喜の落胆は深まるばかりであった。

お盆の日、久しぶりに里帰りしたお與喜におとっさまが言われた。

「お與喜、おぬし、せっかく直太郎が生まれたのに、あまり幸せではないようじゃのう」

「いえ、そんなことはござりませぬ」

「そうかな。まあ、おぬしが我慢しているものを、わしがとやかく言うことではないが」

おっかさまも、口を挟む。

「先日、仏壇屋のおよねさんが様子を見に行かれたそうじゃや。ま、あの口うるさい人の話を鵜呑みにしたわけではないがの。お前は、お舅さまや、お姑さま、そのほかの方々にも、えらく慕われておるとのことでありましたが、肝心の旦那さまが夜遊びばかりとのこと。それも、行かれるところがたちの悪いところばかりじゃそうな。このまま、男の甲斐性と放っておいてよいものやら。このままでは、お前が可哀想と、おとっさまはご心配なのですよ」

お與喜は、息を呑む。やはり、金次郎はあやしげな遊里へ通っているのであろうか。

「わしが、直太郎の可愛さにかまけて、旦那さまをおろそかにしていたからでござりましょうか」

「お與喜、自分ばかりを責めずともよいぞ。寛大なのはお前の気性じゃが、ほどほどにせねばならぬぞよ」

おとっさまは苦々しい顔をする。思えば、子煩悩で遊びひとつしたことのない父である。

「お與喜、金次郎どののような方は、適当に妬いて差し上げないといけませぬぞ。どうも、松太郎さんとは違って、あの方は両貰いの養子ゆえか、気持ちが複雑ですね」

仲の良い真面目な両親には、金次郎の行為は許しがたく思えるらしかった。

その8　思いがけない別れ

お與喜は二十歳になった。そして、直太郎も一歳の誕生日を迎え、可愛い盛りになった。直太郎はとても早く歩いた。誕生日よりふた月も早く歩き出したので、お舅が、

「松本屋一党は頭がよいとは聞いておったがよう。半信半疑じゃったが、こりゃ本当じゃのう」

と、喜んだ。お姑も猫かわいがりに可愛がってくれる。直太郎はもろ衆にも可愛がられ、お

與喜はある意味、幸せであった。ただひとつ、夫の金次郎だけは、我が子なのにあまり見向きもしない。金次郎は非常に嫉妬深く、お與喜が直太郎ばかり可愛がっていると、不機嫌になるのであった。

そんな、如月のある日。春の訪れはすぐそこに来ているのに、朝方、軒からはツララが下がり、まだまだ赤津の里の冷え込みはきつかった。

お與喜は、もろ衆の小屋に住み込んでいる数人の男たちが、荷物をまとめて出て行くのを目にした。

「どこへ、お出かけですかん」

この時代、もろ衆の中には、窯から窯へ渡り歩くものも多かった。しかし、お與喜が嫁入りして三年間、この享保窯から職人が減ったことはなく、むしろ、毎年増えていくばかりだった。享保窯は確実に三年前よりも大きくなっていた。

もろ衆の数人がお與喜に、深々と頭を下げた。

「若ごっさま、俺んたあの世話をよう見てちょうして、ありがとうございやした。俺ら、今日から別の窯に移りますがや。理由は若旦那に聞いてちょうせな」

お與喜は、驚きのあまり、お辞儀を返しただけだった。金次郎が何かしでかしたのだろうか。ちょうど、そこへ金次郎がやってきた。

「旦那さま、あんなに大勢の衆が、窯を出て行くと言っておられまする。引き止めずともよいのですか」

金次郎は、彼らに冷たい一瞥をくれた。なぜか、顔が青黄色い。額に青筋が立っていた。

「出て行きたいものは、勝手にさっせ。お與喜、口出しすな」

金次郎の目つきがすさんで見えた。

「でも」

と、言いかけ、お與喜は黙った。こんなときに、金次郎にいろいろと質問したりすれば、またも蹴倒されたり、小突かれたりと危ない目にあう。早々と、母屋に逃げ帰った。

母屋では、お舅さまとお姑さまが、ひそひそ話をしている。不安なので、部屋に戻り、寝かせていた直太郎をしっかり抱いて、閉じこもった。

「ごめんやあす」

門の前で騒々しい声が聞こえる。聞き覚えのある、かん高い女の声である。直太郎を抱いて出てみると、仏壇屋のおよねおばさんが血相変えて立っている。

「あら、おばさん、お久しぶりです」

と、声をかけると、

「あ、ようさま、まったく申し訳ないことだったね。でも、安心してちょうよ。俺が話をつけてあげますでね」

と、息を弾ませている。とりあえず、およねを奥の座敷に通して、お茶の用意をする。

お姑が台所にやってきた。

「お與喜さ、お茶の支度などせんでええ。早う身支度しなされ」

蒼白な顔で、言われた。

「あの、里の家に不幸ができたのでござりましょうか」

「いや、おまさんの家じゃない」

お姑の言葉にほっとする暇もなく、

「大事なものだけ包んで、直太郎を連れて早う家にお帰りなされ」

「ええっ、では、わしに何か不都合がござりましたでしょうか」

「いんね(否)、いんね。おまさんは、よい嫁ごじゃ。不都合は、わしの里にあるのじゃわ」

お姑は目をくしゃくしゃにして、袂を顔に押し当てた。そして、突然に傍らにいた直太郎をぎゅっと抱きしめた。あまり強い力なので、直太郎が苦しがって、手足をばたばたさせる。でも、お姑は、しばらく、直太郎を抱きしめて離さなかった。

「可愛いのう、可愛いのう。おまさんのためには、命をやっても惜しうないがや。だが、わしにゃあ、やはり、小さなお子は授からぬ定めじゃったな」

お與喜は、何もわからないまま、今、自分が即刻この家を出ていかなければならない事態になっていると察知した。だが、何ゆえなのだろうか。

「お義母さま。わしが悪いのでなければ、この家にとどまります。わしは、お義母さまと一緒におりとうございます」

「何とありがたいこと。しかし、それはならぬ」

お姑はお與喜を伏し拝んだ。そして、直太郎をぎゅっと、お與喜の胸に押し付けた。

「訳は、わしの口からは、とても言えぬ。おとっさまに聞いてくだされ」

お姑から理由は聞けそうもなかった。

「あの、金次郎さまは」

「会わずに、早う行ってくだされ。直太郎のこと、お頼み申します」

そこへ、およねが座敷から出てきて、お與喜の手をむんずと握った。

「さあ、お荷物は、俺が責任もって請合うでな。おいでなされ」

と、引き立てる。わけのわからぬまま、お與喜は直太郎を背負い、表に停めてあった人力車に乗った。およねは帰る車まで用意してやってきたのだった。お與喜は覚悟を決める。こうなったら、おとっさまにお尋ねするしかない。胸に抱えているのは、風呂敷に包んだ直太郎の着替えだけであった。

松本屋に着くと、青山のおやゑ叔母夫妻、お沙希と松太郎夫妻、それに、お沙希の舅の裕右衛門までが集まっていた。そこで、お與喜は真相を聞いた。

「金次郎さの里で、ふたりも疫病が出たげな。あれは、筋を引くという。おぬしをそんなところに、おいておくことはできぬ」

おとっさまが、悲痛な調子で言われた。この時代、まだ瀬戸村のような田舎では、筋を引くものと考えられている、ある疫病があった。今でこそ伝染病になっているが、その伝染性がとても低いゆえに、ほとんど身近なものにしか伝染しない。そこで、この疫病は血統と見られる迷信が、まかり通っていたのである。

「幸いなことに、二宮のお舅さまは、物わかりのよいお方で、向こうからも辞退すると、言ってくだされた。お與喜、おぬしは、これから、松本屋に戻るのじゃぞ」

おとっさまは毅然とした面持ちで、それだけ言った。そして、おとっさまが一度決定すると、家族のものは従わなければいけないということを、お與喜はよくわかっていた。おとっさまは非常に穏やかでおとなしい方であるが、その決定は絶対なのであった。

「あの、直太郎も一緒で、よろしいのでござりまするか」

それが、いちばん心配だった。筋を引くといったおとっさまの言葉に引っかかった。直太郎は間違いなく、金次郎の血筋である。もし、直太郎を婚家に置いてこいなどと言われるならば、例えおとっさまに逆らっても、二宮に戻ろう、お與喜はそう思っていた。

「直太郎は、我が家で育てればよい」

おとっさまは、すぐに、答えた。

「あの病は、そう、ざらに出るものではないそうじゃ。気をつけて育てればよかろう」

お與喜は、即座に答えた。

「直太郎と一緒ならば、戻りまするる」

返事を渋っていて、直太郎を戻せと言われたら困る。直太郎と一緒ならば、どこで暮らそうとかまわない。不思議なことに、金次郎には何の未練もなかった。もちろん、今度のことは彼の落ち度などではない。彼はむしろ被害者で、突然の家族の発病に怯えていることであろう。妻ならば傍にいて、悩みをともに分かち合うべきではないか、一瞬そうも思った。だが、家に戻れとおとっさまから命令されたとき、いちばん先に感じたのは、こんなことで彼から解放されるのかと、ほっとした安堵感であった。おとっさまは娘につらく当たる婿を気に入らなかった。おとっさまは本来、近代的な考えをする人で、迷信にとらわれる人ではなかった。それが、この地方の迷信に乗った決定をしたということは、彼なりの思惑があったのかもしれない。後になって、お輿喜はそう思うようになったのだが、このときには思いもよらぬことであった。

柴三郎もまた、生涯、このことについては何も語らなかった。

お輿喜の嫁入りの荷物は、次の日、およねの陣頭指揮の下、千兵衛親分の運送屋が運び返してきた。お輿喜は完全に二宮家と離縁し、松本家に戻ったのであった。

「おまさんのお姑は物わかりがようて、よかったわな」

およねが上機嫌でそう言ったのが、お輿喜は悲しかった。お姑も金次郎と同じ里の出身である。どんな気持ちで、この事態を受け入れているのかと思うと悲しかった。お姑がいちばん悲しいときに傍にいてやれない。自分も直太郎も可愛がってくれたお姑を見捨てる形で、実家に帰った自分の身が恨めしかった。

その9　近衛騎兵誕生

お與喜は、実家に帰ってからもよく働いた。

お亜以が十六歳になり、伊賀のお寺に嫁ぐことになった。婚礼は先方のお寺で行われるから、おとっさまと、おっかさまと、親戚代表の数人が出向いた。お與喜は留守番を引き受け、弟妹の世話を引き受けた。直太郎と弟の道は年齢が近いせいか、兄弟のように育っている。正も道も優しく、気のよい子に育っていて、直太郎とよく遊んでくれる。お與喜の気持ちは落ち着いて、幸せであった。

お亜以の婚礼の長旅がこたえたのか、おっかさまは寝込むことが多くなった。どうも体の調子が戻らないらしく、痩せていくばかりである。お與喜は一家の主婦の仕事を任せられるようになった。おとっさまは、ここらで米の販売をやめ、文房具一本で行こうかと考慮中であった。米よりも、文具の方が、儲けは少なくても価格が安定しているし、おとっさまの趣味にもあっていた。おとっさまは、いろいろな種類の筆や紙を扱うのがたいそう楽しい様子であった。村役場も大きくなり、窯業組合からの事務用品の注文も増えた。この時期から、ずっと昭和の終わりごろまで、松本屋は瀬戸の文房具卸として中心的存在であった。

明治三十五年の年が明けた。小正月がすんで、人々がのんびりしかけたころ、瀬戸村の役場から、陽気な万歳の声が聞こえてきた。松本屋は、役場の一軒置いて隣である。太鼓を打ったり、鉦をたたくような音までが聞こえてきて、たいそうな騒ぎである。

「あら、あの音はなんで、ござりましょう」

「なにやら、陽気な騒ぎが聞こえるな」

おとっさまと、帳場で話し合っていると、

「ごめんやあす。聞きゃあしたか」

と、仏壇屋のおよねおばさんが、飛び込んできた。

「なんで、ござりまするか」

「あのよう、瀬戸村から、近衛兵が出るげなよ。役場の仁が、初めての快挙じゃと大騒ぎしとらっせるで」

およねが、甲高い声で報告する。

「ほう、それは、めでたいこと。こんな田舎からも抜擢されましたか」

「そういえば、兵隊検査が昨年暮れにあったそうにござりまするわ」

お與喜とおとっさまも、話に加わる。

「で、どなたかな。甲種合格で、抜擢されそうな方は」

「あ、それを聞きそびれた」

そこへ、お沙希が店に駆け込んでくる。

「あら、仏壇屋のおばさま、やはりここにいらっせたの。早耳でござりますこと」

彼女が息切らせて言うことには、

「鳥銀の増五郎さが、近衛騎兵に抜擢されたそうですわ」

「まあ、ほんと」

「騎兵ですか。それは、また、すごい」

「うちの人が言うておらしたもの、間違いござりませぬ。嬉しいことですわ」

お沙希の夫、松太郎と、増五郎は仲がよい。お沙希は我がことのように喜んでいる。そこへ、役場から、松太郎も報告に訪れ、よその息子のことながら、話が盛り上がった。

「近衛兵に抜擢って、難しいことですか」

「まずは、本人の体格。学校の成績。品行もいりますわな。それに、親もそこそこの生活をしとらな、あかんです」

松太郎の説明に、なるほどと店に来た客までもが納得する。近衛兵は天皇さまのお傍近くに仕え、特に、騎兵は馬に乗らねばならない。このような田舎町から出るのは、ほとんど初めての快挙であった。

「おーい、増五郎さが、友達の引く人力車で、通りを練り歩いてござるぞお」

外から声が響いてくる。お與喜は腕に直太郎を抱いたまま、家の前に出た。

やってきた。四年前に見たときの少年っぽい様子とは違って、初々しい若者に成長した増五郎だ。村人の万歳の声に手を振って応えている。だが、彼の大きな澄んだ瞳はあのときのままだ。きらきらと太陽に輝いて、いっそう大きく光っている。ひと回りもふた回りも大きくなった背丈が凛々しい。がっちりした肩と高い鼻が、まるで西洋人のように見えた。それなのに、口元だけは、女のように小さく、可愛いらしく笑っている。お與喜は、久しぶりに胸がときめくのを感じた。いや、ある意味、初めてかもしれなかった。お與喜は、息子を抱いているのも忘れて、増五郎の姿に酔った。彼は、そのうち、天皇さまのお召しに応じて、上京することになる。きっと、輝かしい未来が待っていることだろう。

(男の夢を叶えなされ。きっと立派なお人になって、お帰りなされ)

お與喜は、彼女のことなど覚えてもいない増五郎に向かって、呼びかける。この人の夢を叶えてあげたい。心からそう願った。何故かそう願わずにはいられなかった。

しかし、彼女のこれからの長い一生の中で、幾たびも幾たびも、そう願うようになるだろうとは、このときの彼女には、思いもつかなかった。

第三章　禍福は糾える縄のごとく

その１　おっかさま

おっかさまは、三女お亜以の嫁入り以後、寝付くことが多かったが、明治三十五年、師走の声を聞くころには枕も上がらないようになった。次女のお與喜はまだ幼い弟たちと息子直太郎の世話をしながら、おっかさまの看病をした。お與喜が離縁になって実家に戻っていたことは、こうなってみれば、好都合なことであった。高等科を卒業したばかりの四女のお比佐では、店の経理ができるようになったとはいえ、一家を陰で束ねるにはまだまだ心許ない。お與喜の存在は、松本屋にとってなくてはならないものだった。体の弱いおとっさま一人では、米を扱う仕事は大変であった。もちろん、男衆もばあやも雇ってはいたから、下働きの力仕事は任せればいいのだが、米は相場の変動も激しく、機敏に対処するにはそれなりの体力が必要だった。そこで、おとっさまはかねての思案どおり米の販売をやめて、好きな文具一本でいくことにした。瀬戸村も町に変わってからは、周囲の村を統合し、規模が大きくなってきている。松本屋は役場や学校、窯業組合などの公の施設の事務用品を一手に請け負っていたから、それだけで売り上げは十分であった。このころになると、紙も工場から裁断されてくるようになり、特別な和紙以外の裁断が必要なくなった。だから、お與喜はおっかさまの看病に専念できた。おっかさまはすっかり気が弱くなって、何事にも、

「お與喜、お與喜」

と、呼びつける。そして、

「お與喜、昔からきついことばかり言って育てたのに、こんなに優しく看病してくれてありがとうよ」

と、泣くのであった。お與喜は、めっきり気が弱くなって、詫びてばかりいるおっかさまの姿を見たくない。以前のように、

「うちの娘は、どうしてこんなに不器量ばかりなのかん。えい、口惜しい」

と、悪態をついてばかりいるおっかさまのほうが、いっそましと思うのであった。おっかさまはどうも心の臓を患っているらしく、脈が時々途絶えそうになる。医者から今年の冬は越せそうにないと言われた。伊賀へ知らせると、お亜以が駆けつけてきた。

おとっさまの前にきちんと座って、帰郷の挨拶を述べるお亜以の姿を見て、お與喜はじめ、家族のみんなが驚いた。もともと姉妹の中では一人だけ上背があり、ほっそりとしていたお亜以だが、なんだかげっそりとやつれている。ただ、いつもの我儘だった様子はすっかりなくなって、畳に手をついて挨拶する風情が、さすがに由緒ある寺に嫁いだ落ち着きを見せていた。長旅で少し崩れたとはいえ、形の良い丸髷が新妻ぶりを際立たせている。もともと、お與喜たち姉妹はたっぷりとした黒髪が自慢で、みんな見事な日本髪を結い上げているのではあったが、とりわけ、お亜以の丸髷は格好がよかった。

それにしても、今日のお亜以は目が落ち窪み、頬骨が目立ち、おっかさまを心配して駆けつけてきただけの疲れとは思われない。おっかさまの病室に案内しながら、お輿喜は妹にそっと訊いてみる。

「お前、ずいぶん痩せたじゃないかん。向こうで、苦労してるのと違うかね」

お亜以ははっと立ち止まる。お輿喜と同じ濃い眉が、きゅっとしかめられた。

「よう姉さま」

お亜以が、急に抱きついてくる。背の低い姉の肩に腕を巻き、ぎゅっとしがみついて、声をぐっと詰まらせた。

「お亜以ちゃん」

お輿喜は、妹の背中をそっとさすってやる。お亜以はしばらくそのままでいた。そして、急にすっと体を離した。

「姉さま、今は話せないの。後で、ゆっくり聞いて」

と、か弱い声で言う。由緒ある寺に嫁いだだけに、それなりの苦労があるのだろうと、お輿喜は思った。

「おっかさま」

病室に入ると、お亜以は突然に子供の頃に戻ったように、甲高い声を出して、おっかさまの枕元に座り込む。

「おっかさま、お会いしたかったわん」

寝ているおっかさまの肩に抱きついて、わあわあと泣き出した。箱枕がぐらぐら動いて、おっかさまは眉をしかめる。

「なんだね、はしたない。まったく、仕方がないねえ。この子は、いつまで、我儘娘のままだろうかん」

久しぶりにおっかさまが悪態をついた。

「そんなんじゃあ、あちらさまで、お舅さまやお姑さまに気に入っていただけないだろうが」

「違いますよお。お亜以は、伊賀ではいい嫁として、務めておりまする」

お亜以は泣き笑いしながら、弱ったおっかさまをなおも揺さぶり、駄々っ子のような仕草をする。覗きに来たお比佐がぷっと吹いて、皮肉っぽくぼそりと呟いた。

「あらあら、赤ちゃんみたい」

子供の頃からおっかさまの贔屓だった姉に対する、お比佐の反感はまだくすぶり続けている。母親っ子のお亜以と、大事な長男の正に挟まれて育ったお比佐は、いまだに僻んだ様子を見せ、お與喜は大勢の子を平等に育てることの難しさをつくづくと思う。離別して実家に連れ戻った直太郎だけは僻まないでほしいと、祈る思いで育てている。そして、直太郎に対すると同じくらい、弟妹も愛せたらいいのにと、思っているのだ。

お比佐はきっと目を釣りあがらせ、おっかさまに甘える姉の背中を睨みつけている。それなのに、お亜以はお比佐など見向きもしない。昔から、妹の寂しさなど慮ったこともないのだ。相変わらずだなと思いながら、お與喜は、お亜以の後ろ髪の毛が少しほつれて、ほっそりとした首にまとわりついている様を眺めた。姉妹の中で、この長い首はお亜以だけのものだ。誰はばかることもなく、心のままに行動できるお亜以を、お與喜自身が羨ましく思っているのかもしれなかった。

お亜以はおっかさまの手に、頬を擦り付ける。

「おっかさま、お亜以はお正月までお暇をいただいてまいりました。おっかさまの看病を一生懸命にいたしまする。だから、早く治ってくださりませ」

甘えた声で、すがるお亜以に、

「看病はお與喜がええわん。お前は気分が激しすぎて、こちらが疲れる。お暇をいただいてきたなどと甘えずに、早くお帰り」

おっかさまは意外に素っ気ない。ひひひと奇妙な笑い声を立てて、お比佐が店へ戻っていった。

「まあまあ、おっかさま。そんな早くに決めなくてもええのじゃないですかん。お亜以も久しぶりのお暇じゃもの、のんびりとしていかっせたら、ええがね」

お與喜は、努めて陽気に笑いながら、ふたりをなだめる。そして、おっかさまにいちばん似ているのは、やはりお亜以なんだろうなと思うのであった。

お亜以は半月ほど実家にいて、来たときよりも少々ふっくらして、婚家のお寺へ帰っていった。そのころ、おっかさまは小康状態だったので、とりあえずは安心して帰ったのである。お亜以はおっかさまの看病にはほとんど役に立たなかった。昔から自分中心の質で相手の立場に立たないのだ。薬を飲ませるにしても、仰向けに寝たおっかさまの口に直接流し込んだりするから、おっかさまはむせて苦しがった。髪を梳かしてあげるときでも、梳き櫛を強く引っ張りすぎて、おっかさまの首がぐらぐら揺れてしまう。

「お亜以、お前は黙って座っているだけでいいから。お與喜に代わっておくれ」

おっかさまは、あきらめた口調で言う。反対に気を利かせすぎ、余分なことをして失敗するのはお比佐で、お粥をあげるときも、冷まそうと吹きすぎてこぼしてしまう。失敗するたびに、めそめそ泣き出すので、おっかさまは、

「お比佐は大きくなっても、辛気臭い子だねえ」

と、いやがった。結局、おっかさまのお世話はお與喜以外にはできないのだった。

お與喜はお亜以の悩みを聞きそびれた。姉のお沙希が三人の男の子を引き連れて、妹に会いにやってきたり、おっかさまの妹、青山やゑと、長男の鯛治がやってきたりして、賑やかであった。鯛治は、お亜以の夫の雑賀と愛知一中での同窓生であり、お亜以と雑賀を結び合わせるきっかけを作った人である。鯛治の家、青山は本来、年貢の米を一手に扱う米屋であったが、その際、藩の役人などを泊めるお宿も兼ねていた。維新後、屋号どおりに米屋をしていたが、これ

からは、宿屋一本でいくつもりだという。役所の北側、瀬戸川沿いに新しい大きな宿屋を計画中とのこと。いずれは、もう少し先に鉄道を引く計画が進行しているから、陶器の買い付けに大勢の商人がやってくるのを見越しているそうである。愛知一中の頃は、放校寸前の悪だったという従弟が、目をきらきらと輝かせて将来の事業について語るのが、昔憧れていた叔父金之丞の姿と重なって、頼もしく見えた。懐かしい来客に気持ちがほぐれたのか、お亜以は終始にこやかで、人が変わったように陽気だった。昔から仲の良くなかったお比佐に対しても、努めて話しかける。親しく話していたかと思うと、またいつものように、喧嘩を始めたりするのだが、嫁入り前に戻ったように、はしゃいでいた。松本屋の娘たちは、美人は一人もいない。お多福のお沙希、男のような顔つきのお與喜、顔は同じでも姿だけがすっきりしているお亜以。中でも四女のお比佐はとりわけ小さく痩せていて、貧相である。お亜以は、

「お比佐ちゃん、お前、昔は鼠に似てると思ってたけど、狆そっくりになってきたね」

などと、からかって、泣かせたりする。狆は江戸城大奥で珍重され、万国博覧会でもジャパニーズ・パグと評判をとった黒白の小犬である。お大尽の家庭で、この犬を飼うことが流行っていた。確かに、お比佐は色だけは抜けるように白いが、両目が離れているくせに、鼻と口が真ん中にくしゃくしゃと集まっていて、まさに狆そっくりである。うまいことをいうものだと、ついくすりと笑ってしまってから、お與喜はお比佐にすまないと思った。

「お亜以ちゃんは相変わらず口が悪いねえ。おやめよ。いくつになっても、妹を泣かせて」

と、二人をなだめにかかる。

「お亜以姉さまは大っきらいじゃ。おまさんみたいな意地悪は、ろくな死に方はせん。旦那さまに捨てられて、悲しく死ぬがええわん」

お比佐が泣いて抗議して、その泣き顔がまるっきり狆くしゃだったので、かえって大笑いとなった。弱ったおっかさままでがあまりに楽しそうに笑ったので、その場は収まってしまったが、そのときのお亜以のはっとした表情を、お與喜は忘れることができなかった。お亜以の話す言葉の端々から推しはかると、彼女の悩みは、どうも夫の若住職の女遊びにあるらしい。お亜以のように乞われて嫁に行っても、男というものはなんと浮気性なものかと、お與喜は男の性が憎たらしい。そして、その性を承知したうえで、いい妻であり続けることは、本当に難しいものだと、改めて思うのである。その後も、彼女の屈託のない様子に話を聞きそびれ、結局、お亜以は何も言わずに帰っていった。

正月もあと五日になった日、おっかさまの状態が急変した。そして、あっけなくこの世を去った。寝付いてからは口癖のように、まだ幼い道《わたる》のことをお與喜に頼んでいたが、亡くなる最期の言葉は違っていた。

「お與喜、幸せにおなりなさいよ。よいお方があれば、必ず、女子としての幸せをつかみなされ」

おっかさまは、お與喜にはただそれだけを言い残したのだ。結婚生活が幸せでなかった自分のことを最後まで案じてくれていたのだと思うと、苦手だったおっかさまに対する想いが込み上げてきて、通夜の線香番をしながら、誰もいなくなったお棺の陰でこっそり泣いた。

おっかさまの葬儀は盛大に行われた。旦那寺の定光寺から、住職が来て経を読む。この寺とは、江戸時代、遠い祖先の水野家から二代に渡って、住職として養子縁組が行われた密接な間柄である。ただし、定光寺は源敬公（徳川義直）の墓所がある寺なので、よほどの重臣以外は院号がつかない。山方同心という足軽の妻の身分では、簡単な六文字の柴室貞礼大姉という戒名しかつかないのだった。

この住職を導師として、ほかに六名の僧侶がやってきて、両鉢で葬儀が営まれた。両鉢というのは、禅宗の場合、お経に合わせて鳴らす、お鈴、太鼓、銅鑼が一対になったもので、向かい合わせで、ちん、ちん、ぽん、ぽん、じゃらん、じゃらんと鳴らすのである。従って、最低でも七名の僧侶が動員される。臨済宗だけで足らない場合には、近くの曹洞宗の僧侶も協力するのだった。簡単な葬儀の場合は片鉢といい、三人の僧侶がそれぞれ一つずつ受け持って、ちん、ぽん、じゃらんと鳴らすから、四人しか僧侶は要らない。この僧侶の数は、家の格式によって左右され、最も簡単な場合は、独僧といって、一人だけの僧侶が葬式を営むし、地元有力者の葬儀などには二十人ほどの僧侶が動員され、ぐるぐると円陣を組んで、お経を読みながら、回り続けることもあった。おっかさまの場合、暮れもおしつまっているから、できるだけ簡素にと言い残していたとはいえ、少なくとも両鉢だけは譲れなかった。

松本屋の場合、親戚も多数だから、列席者も多い。おとっさまの柴三郎は山方同心を継いだとはいえ、分家なので、本家筋の伯父やら従弟やらがやってくる。おっかさまの里からは、まだアメリカにいる金之丞に代わり、次男、三男が夫婦揃ってやってきた。四男の銀四郎も近々妻をもらうという。金之丞はアメリカで綿製品の商いに成功しているという話であった。先頃、十年ぶりに手紙が届いたそうで、万造と改名してから事業が著しく拡張したとのこと。みんながほっと安堵した。もちろん、瀬戸村へ嫁いでいるおっかさまの姉妹の一家もそれぞれにやってくる。

長女お沙希の嫁ぎ先、加藤祐右衛門家からは、舅、姑、義理の兄弟までが打ち揃って現れた。お沙希は、長女のむねを亡くしたが、その後に、男の子が二人生まれて、男三人の子持ちである。母親を亡くして泣いていた末弟の道も、自分とほとんど歳の違わない甥たちと走り回って、悲しさを紛らせた。お與喜の息子直太郎も、みんなの後をついて回り、悲しい中にも、元気な男の子の歓声で、賑やかであった。

ただ、昨年半月も里帰りしたからか、お亜以は葬儀には帰らなかった。夫の雑賀が代表でやってきたばかりである。さすがに僧侶らしく朗々とした美声で、お経を読む彼の様子は、まったく屈託ない。のんきそうな彼に訊いたところでは、お亜以は元気ということであったが、お與喜はなんだか胸騒ぎを覚える。お亜以のことが、妙に気にかかってならなかった。

だが、おっかさまを葬送した翌明治三十六年は平穏無事に過ぎ、何事も起こらなかった。

その2　金次郎

三十七年の正月が明けた。お與喜は、門口に飾った松飾を眺める。去年飾れなかった分だけ、今年は特別に大きなものを張り込んだ。松飾が飾れるということは、何と幸せなことだろう。まだ早い朝の光が松飾を照らしている。大きく広がった裏白ものびやかに、大きな橙も赤く輝いていた。お日さまに向かい、感謝の手を合わせる。

ふと、お亜以のことが頭を過ぎる。気にしていた彼女も昨年は無事に過ごしたようで、季節の挨拶文くらいの素気ない手紙しかよこさない。筆不精の彼女のことだから、これでいいのだろう。

「おや、ようさま。今朝も早いねえ」

やってきたのは、町内でもおしゃべりで有名な仏壇屋のおばさん、およねであった。お與喜は、最近は姉妹だけでなく、近所の人々からもようさまと言われている。

「あら、おばさん、明けましておめでとうございます。今年もよろしくお願いいたしまする」

「はい、おめでとうさん。なんだか、世間が騒がしくなってきたみたいやらあ」

およねは、なかなか世事に長けている。仏壇屋へ集う客の話す言葉の端々をいち早く拾い集め、判断するのがうまいのである。

「ようさま、聞きゃあしたか。なんだか、戦争がおっぱじまるみたいやぞん」

「まあ、おばさん、地獄耳ですねえ。それは本当でござりまするか」

「ようわからんけどが、蔵所の旦那衆が言っとらしたに。何でもロシアとの仲がついにいかんようになったげな」

「まあ、あんな大国相手では、戦争を始めても大変でござりましょうな」

「なんの、日本は、神道以来の神風が吹く国じゃからのう。日清戦争にも勝てたし、負けることはないやらあ」

そんなに簡単に戦争に勝てるならいいのだがと、お與喜は内心心配になる。松本屋では、長男の正《しょう》が商業学校に進学しているが、まだ徴兵の年齢までは達していない。徴兵も他人事で済ませられるのが、申し訳ないがありがたいことであった。

「そうや、そうや。ほれ、鳥銀さの増さまよう」

「はあ」

増さまというのは、鳥銀の加藤増五郎のことである。その名を聞いただけで、お與喜の胸が高鳴った。ほとんど面識はないが、憧れの人である。一昨年、彼が近衛騎兵として、天皇陛下のお側近くまで上がったときには、町一番の快挙として、お祭り騒ぎになったほどであった。

それ以来、彼は人気者となり、増さまという呼び名で通っている。

「任期を終わっても、帰ってござらずに、そのまま徴兵だげなよ。ご苦労さまなこっちゃわ」

「まあ、それは、ご家族がご心配でござりましょうな」

「それがな、増さまのおっかさんはもう早くに亡うなってござるが、おとっつあんの鳥銀さはたいした元気でな、女中頭のおまつさに次々に子供を産ましてござるじゃろ。男、女、男、女と順番に産んで、もう四人だと。長男の和夫さはおまつさと折り合いが悪うて、家によりつかんで道楽三昧じゃし、かわいそうに、増さまは家に帰ってもおるところがないから、兵隊のほうがましじゃと言うとらっせると」

「まあ、そんなお気の毒な」

「身上ばっか大きなっても、人の道に外れることしたらあかんわな。まあ、女子の一人や二人囲うのは、男の甲斐性かもしれんが、本妻がいるうちに、妾を表に挿げ替えてはあかんて。子供同士が僻みあうでな」

「さようでござりまするな」

お與喜は、近衛騎兵に任じられたときの、増五郎の嬉しそうな表情を思い出した。あの明るく凛々しい彼も、家の内情はなかなか大変である。近衛騎兵に上がる前は、瀬戸町の娘たちが彼を役者のように追い掛け回し、綺麗な娘たちをとっかえひっかえ、連れ歩いている増さまを見たという人が多かった。所詮他人事だし、人気者というのはそんなものだろうと聞き流していたのだが、肝心の家庭の居心地が悪くては気の毒なことである。

「時に、ようさま。どこぞに後妻の口でも探してきてあげますかな」

およねが鉄漿《おはぐろ》の歯をむき出して、にっと笑う。

「おばさん、ありがたいことでございますが、今は、おっかさまの代わりに弟たちの世話もしなければなりませぬし、もちろん、直太郎のこともございます。当分の間は、このままでおりたいのでございまする」

「そうか、そうか。気の毒にな。おまさんのことは、まったく申し訳ないと思っとりますがん。俺がとんでもないところに世話をしてしまったからのう」

お與喜の亭主が難しい男だった上に、親戚筋に疫病が出て、離縁になったことを、およねはまだ気にかけていた。

「おばさん、そんなことは、もうお忘れくださいませ。あのときも、とっても親身にしていただいて、申し訳ないのは、こちらでございまするわん」

「じゃ、ようさま。また、いい縁がありましたらな」

およねの後ろ姿を見送りながら、お與喜はため息をつく。おっかさまは亡くなったとはいえ、今は、平穏である。お與喜にとって、家族の役に立つということ、これ以上の幸せはないと思うのであった。

明治三十七年二月六日、この日は日本国が大国ロシアに宣戦を通告した日であった。巷でもロシアに対する脅威が噂され、ロシア討つべしという気運が徐々に盛り上がりを見せていた。

直太郎を連れて、窯神神社へ遊びに行った弟の道が走り戻ってきた。息を弾ませて、真っ青な顔をしている。

「姉さま、大変、大変。直ちゃんを変なおじさんが連れて行きゃあした」

「ええっ」

お興喜は驚愕で、胸があおつ。自分の顔から血の気が引くのがわかった。

「ど、どんな人に、連れて行かれたの」

「ちゃんとええべべを着たおじさんじゃ。わしが止めようとすると、突き飛ばされた」

見ると、道の腕と膝小僧がすりむけて、血がにじんでいる。だが、お興喜は血を見た途端、かえって落ち着いた。もしやと、思う。

「どこへ連れて行かれたか、わかるかん」

「わし、後をつけたの。そうしたら、鳥銀さのお店に入って行かした」

「まあ、どうして、そんなところに」

連れて行かれた場所が、一筋裏の鳥銀とわかり、さらに気持ちに余裕ができた。

八歳の道は泣きながらも、はっきりと言う。

「あそこのおばちゃんに、言うておいた。お興喜姉さまを連れてくるまで、直ちゃんをどこへもやらないでって」

「まあ、道。お前は小さいのに、なんと考え深い」

思わず弟を抱きしめ、あまりにも背が伸びたのにはっとする。早産で小さく生まれた道は、尋常小学校へ上がってから、すくすくと伸び出している。背の伸びるにしたがって、気持ちのほうも成長してきたのだろう。

「それより、姉さま、早う」

道はすりむいた膝も気にせず、走り出す。お與喜も思わず、後について走った。二人の下駄の音が、通りにかちゃかちゃと鳴り響く。仏壇屋のおよねが驚いて飛び出してきた。

鳥銀は、仏壇屋の角を曲がり、一筋南にある。この一角の土地を買い占めて、大きな店構えの鳥料理屋である。

「ごめんやあす」

道が、店に走り込む。

「なにごとかや」

と出てきたのは、頬骨の高い、鋭い目つきの色黒の女で、飲食商売の女によくある銀杏崩しを小ぶりに結い、地味な木綿縞の着物に、前掛け、たすきがけで、いかにも働き者といった様子である。この人が女中頭のおまつで、この店の主、銀二の妾であり、四人もの子をなしていることは、誰もが知っている事実であった。

「あれま、これは、松本屋のようさま。ご心配をおかけしましたなあ」

いかつい顔に似ず、おまつは優しい声と、物腰で話しかけてきた。

「直ちゃんは、座敷におられますで、大丈夫やぞん」

おまつは、前にせり出した腹を前掛けと両手で隠すようにして、笑いかける。どうも、五人目を身籠っているらしい。笑うと、目じりに愛嬌のあるしわができて、一転して気のよさそうな表情になった。

「もしかして、直太郎を連れてきたのは、二宮の……」

「そうそう、二宮の若旦那さまですがん。ここのところ、よう来てちょうだいますぞん。座敷にご案内申しますわね」

お與喜はおまつに従って、鳥銀の奥座敷へと歩き出す。

「待ちゃあせ。おれもついていくぞん」

いつの間についてきたのか、仏壇屋のおよねが口を出す。さすがにと驚きながらも、金次郎と二人だけで顔を合わすのは避けたいから、こういうときのおよねのでしゃばりは、むしろありがたいと思う。

おまつの案内で連れて行かれた座敷は、鳥銀の中でも立派な座敷らしかった。床の間つきの立派な座敷に囲炉裏が切ってあって、その傍らに、小さな直太郎の姿が見えた。お與喜はほっと胸を撫でおろす。囲炉裏には大きな鉄鍋が掛けてある。その中で、鳥の引きずり（すき焼きに近いもの。やや、出汁が多い）がおいしそうに煮えていた。直太郎の隣で、金次郎がちびちびと酒を飲んでいる。すでに、顔が相当に赤い。久しぶりに父親と会った直太郎は緊張しているらしく、小刻みに震えている。お與喜は思わず走りよって抱きしめた。腕の中でも、直太郎は震え続けている。お與喜は、直太郎に怖い思いをさせた金次郎が憎たらしい。

「やはり、ござったか」

金次郎が、へらへらと笑った。別れた頃よりも、幾分肉付きがよくなって、窯元の旦那衆らしくなっている。だが、笑った口元から覗いた乱杭歯が、相変わらずどこか卑しげな表情を見せていた。

「直は、ちっとも飯を食わんぞ。おまさん、なにを食わせておりゃあす」

「突然連れてこられて、怖かったのです。そんなとき、どんなおいしいものでも食べる気にはなりませぬわ」

「俺のことなんぞ、まるっきり忘れてござるか。何度おとっつあんだと言うても、にこりともせんわ」

金次郎の目つきが寂しそうだ。お與喜は一瞬、金次郎にすまぬことをしたという思いに駆られた。確かに金次郎が直太郎の父親だという事実は消しようがない。直太郎の苗字は今も二宮で、いわば、二宮家から預かった存在なのである。そこへおよねが、口を出す。

「当たり前じゃわ。もう、会わんとの約束で、別れたのに、なんと未練たらしい」

「うるせえ。くそばばあ」

金次郎の形相が激しく変わった。三白眼の細い目が釣りあがると、昔のように酷薄な表情が現れた。空になった徳利をおよねに向かって投げつける。徳利はおよねのでっぷりとした腹にぶち当たり、幸い割れもせず、ころころと畳の間を転げた。と、お與喜の腕の中で、直太郎が激しく泣き出した。

「なんちゅう男かや。駐在を呼んで来るわん」

いきり立つおよねを、お與喜は慌てて止めた。

「おばさん、少しお待ちくださいませ。この人には、挨拶もせんと、出てまいりました。まずはお詫び申し上げねばなりませぬ」

お與喜は、直太郎を膝からおろして、およねに預け、座敷へ両手をついた。

「金次郎さま。あのときは訳もわからないまま、ご挨拶も申し上げずに、お家を去ってまいりました。お許しくださりませ」

意外にも、金次郎は、表情を和ませた。

「まあ、ええわな。あのときは事情が事情だでな。無理もないと思うとる。直太郎のこともほっといてすまんと思うとるのは、俺のほうじゃわ」

「まあ、そんなお優しいことを」

「お前とわしの縁は薄かったんじゃと思うておる。あれから、わしの里が潰れてしもうたは聞いておるかや」

「いいえ、存じませんでした」

「仕方ないことよ。わしも、おっかさんも二宮から去るべきか迷うておったが、おとっつあんが中風で倒れなさって、結局そのままよ」

「まあ、それで……」

金次郎が語るところによると、金次郎と叔母であるお姑は、今も元気で二宮の舅の世話をしながら、享保窯を続けているという。金次郎の里に疫病が出て、職人も一時は半分に減り、廃業かとも思いつめたが、昨今の景気で、陶器業界の進出著しく、享保窯もようやく持ち直したとのことであった。この時代は、この疫病に対する偏見が著しく、この病を出すと、一族で土地を追い立てられる場合もあった。

「まあ、知らぬこととはいえ、申し訳ござりませぬ」

「ええわな。おまさんもおっかさんが亡くなったりして、大変じゃったな」

金次郎はお與喜の家の事情をよく知っているようだった。あの当時、こんなに優しい声をかけてくれたのなら、石にかじりついてでも残っていただろうにと、思う。

「わしは、嫁御をもらうことにしたぞん」

「まあ、それは、ようござりました」

「岡場所の女に子ができてしもうたがや。もっとも、出は食い詰め士族の娘でな。おとっつあんもおっかさんも嫁にもらって身を固めろと、うるそうてだちゃかん。あんな里の事情があるから、ほかの女は来てくれんしな。結局、もらうことにしてしもうた」

金次郎の表情が寂しげな中にも、ほっとした色が見えるのをお與喜は見つけた。この男も、あれ以来、苦労したのだろう。

「新しい家庭を持っても、直太郎は総領息子には変わりないが、おおっぴらに会うのは、憚られるじゃろう。だで、会いに来たんじゃ」

そんな殊勝な気ならば、堂々と会いに来てくれればよいのに、荒っぽい態度しか取れないのは、やはり、金次郎の本質であろう。嫁をもらうと聞いても、なんの感慨もない。ただ、かつて、三年ほどでも一緒に暮らした男が幸せになるのは嬉しかった。結局、鶏の引きずりを三人で食べて別れた。穏やかに金次郎と決別できる機会が与えられて良かったと思う。

日露戦争は、意外にも日本の勝利で進んでいる。お與喜たちはそう知らされている。陸軍や海軍が戦功を挙げるたびに、町役場に勝利の幟が翻る。瀬戸町からも、二十歳になったばかりの若者が次々と徴兵されていった。

その3　直太郎

明治三十七年八月十五日、お盆の中日であった。なんでも、昨日、朝鮮の蔚山沖《ウルサンオキ》で、ウラジオストックへ向かおうとするロシア艦隊を大量に日本軍が沈めたとかで、町役場に幟がはためいていた。戦勝の知らせはこんな田舎町でも早くやってくる。大きなロシアを相手に小さな日本が勝ち進んでいるとは嬉しい限りだと、幟を見上げる誰もが万歳をした。

空は、輝かしく真っ青に晴れ渡っている。しかし、遠くの山裾の辺りに、白い雲がむくむくと湧き出でているから、午後になれば夕立が来るかもしれなかった。一筋南の尼寺の境内から、シャアシャアと鳴くやかましいセミの声が、降るほどに聞こえてくる。北側、川向こうのずっと先、窯神の森の上空で、烏らしい黒い鳥の群れが旋回しているのが、ここからも見て取れた。

お盆なので松本屋は店を休んでいる。男衆のろくじいも、ばあやもねえやも里帰りして、久しぶりに店は静まり返っている。聞こえるのは、奥座敷からの道と直太郎の声だけだ。

「突貫！」

二人の戦争ごっこの声が続いている。それぞれ、叩きと箒を手に持って、走り回っている。

「ごめんやあす」

表に複数の声がした。姉のお沙希が三人の男の子を連れて、遊びに来たのだ。お沙希の夫の松太郎はとても優しい男で律儀者である。長女のむねを亡くしたとはいえ、お沙希は幸せに暮らしている。今日もお盆ゆえ、里帰りを許されたものらしい。

「まあ、姉さま。よう来てちょうだいました。さあ、上がって、上がって」

お與喜は喜んで姉を迎え入れる。いつも優しいこの姉が大好きである。子供の頃から、どんな困ったことも、二人で話し合って過ごしてきた。おっかさまがお亜以を贔屓にしていたときも、自分たちは大きいのだからと、大人の気分で状況を見ることができた。それは、この姉がいたからこそであった。

「お前たちは遊んでおいで」

お沙希は、みんなにそれぞれおひねりを渡す。直太郎ももらって、

「おっかさま。これ」

と、見せに来た。

「よかったねえ。道ちゃんと勇雄ちゃんの言われることをよく聞いてね」

軽く抱きしめて、赤い頬の汚れを懐紙で拭いてやった。

「おーい、直ちゃん、早くおいでよ」

外では、お沙希の次男の啓次郎と三男の丈夫が大声で呼んでいる。松本屋は女の子ばかり四人も続けて生まれて、おっかさまは女腹かと嫌味を言われたこともあったそうだが、孫は死んだむね以外は男の子ばかりである。お沙希の長男、勇雄と、弟の道は同じ日に生まれている。早産の道はとても小さかったのに、今では、むしろ、大きく生まれた甥の勇雄の背丈を抜いてしまった。勇雄は父親の松太郎の小柄なところを受け継いだものらしい。もちろん、松本屋とて、どちらかといえばみんな小柄で、道ばかりがなにやらすっくりと伸びてきている。あまりに小さかったので、あちこちで山羊の乳やら、麦芽糖やら、精のつくものを求めて食べさせたのが原因かもしれないと、みんなで話し合っているほどだった。

道と勇雄はそれぞれ、とても気が優しく誠実な人柄に育っている。啓次郎と丈夫はいかにも

腕白そうだが、この五人で遊ぶのだから、安心であった。

お與喜が五人の遊びっぷりを見る限りにおいて、直太郎はどうもおとなしすぎるようである。そこが、お與喜は気にかかる。自分が、姉妹のうちでは一人だけお転婆で、女だてらに木登りなどをする横着者だったからかもしれなかった。

直太郎は鈍くさい。五人で走るときも、随分後から走って行く。身体は年上の啓次郎よりも大きいのに、はしっこさがない。半歳下の丈夫にも遅れをとってしまう。父親と離れて育ったからかもしれないなと、お與喜は思う。この松本屋の家族の中で、いちばん赤ちゃんで、常に保護されている存在だからかもしれなかった。

「待ってよう」

直太郎は可愛い声で叫んで、店の横のくぐり戸から、表へ出て行こうとする。くぐり戸の敷居に、ちょっとけつまずいた。こちらをちらと見て、恥ずかしそうに笑って振り向いた。外の光が眩しくて、小さな姿が暗い影のように見えた。お與喜が染めた藍の絞りの兵児帯が、お尻の上でゆらりゆらりと揺れている。一瞬、目眩がして、かすかな不安が胸を過ぎった。

「さあ、いっておいで」

不安を打ち消すように、大きな声で言った。

「まずは、おとっさまにご挨拶しなきゃ」

お沙希が奥の座敷へと走り込む。お與喜もそれに続いた。

奥の座敷には、おとっさまと長男の正と四女のお比佐がいた。今日はお盆だから、名古屋の商業学校はお休みである。正は成績もよかったが、愛知一中へは進まなかった。おとっさまの仕事を手伝うために、商業に関する知識を身につける決心で学校を選んだのだが、卒業後は、今年出来たばかりのたばこの専売局に早々と就職が決まっている。しばらくは外で修業するつもりだそうで、お役所勤めもこの律儀な弟には向いているだろうと、思うのである。

「今日は格別によい日じゃのう。おっかさまも喜んでおられることじゃろう」

おとっさまは、仏壇のほうを眺めながら、いつもの穏やかな口調で言う。伊賀にいるお亜以はいないが、三人の娘が揃っている。

「時に、およねさんが、早々とお比佐の縁談を持ってきてくれたよ。旭村のお寺じゃそうだが、どうするかな。お比佐に訊いていたところじゃ」

おとっさまが、いかにも面白そうに話し出す。色白のお比佐の頬が、見る見る赤らんだ。

「まだ、少し、早いのではございませんか。お比佐はまだ十五歳になったばかり。そんなに早くから苦労を背負い込むことはございませんわ」

お沙希の答えに、お與喜はびっくりした。姉に苦労は何もないと思っていたのだった。

「あらまあ、姉さまの周りは良いお方ばかり。そんな苦労はございますするのか」

お與喜が言うのに、お沙希は、ぷっと吹く。

「いくら、わしが極楽とんぼじゃからというて、少しは気を使っておりますするわん。やはり、長男が窯を継がぬのはいかんと、お舅さまが言い出されて、松太郎さんは困っておいでですぞん。親さまの言うことを聞いて継ごうと思えば、今度は窯で働いておられる次男の正二郎さんの立場が宙に浮いてしまうし、夫婦で思案しとりますがや」

「ふむ、松太郎さんは、ずっと勤め人でいかれるかと思えばのう」

「はい、勤め人のほうが気楽ですわん、無理してご出世されなくても、構いませんし」

お沙希が話し出すと、目尻がますます下がって、まるっきりのお多福顔になる。最近でっぷりと太ってきたお沙希は、なんだか布袋さんのようにも見える。誰が見てもつい笑ってしまうような微笑ましさが、彼女全体を包んでいた。久しぶりに、お與喜は、両手の人差し指で、姉の眉の下がっている様を真似てみる。

「もう、ようさま。おまさん、大人になってもそんなことをしやあして」

お沙希が、今度はお與喜の上がり眉を指で作って見せた。二人で思わず吹き出す。懐かしさでいっぱいになって、喧嘩にならない。

「もう、姉さまたちは喧嘩でも仲がええのう。わしの縁談の話は心配じゃないのかん」

お比佐が唇をとがらかす。

「ありゃりゃ、お比佐。おまさん、乗り気かん」

お沙希が、びっくりする。

「わしじゃって、年頃じゃもの。お嫁入りの話は、嬉しいに決まっとりますわん」

お比佐が大真面目で答えるのに、一同が大笑いで、お比佐はまたもすねる。でも、お亜以が嫁に行き、おっかさまが亡くなってから、お比佐がのびのびしてきたのは事実であった。小さいころからお比佐は贔屓の姉に対抗して、おっかさまの気を惹こうと、前掛けを切り刻んだり、お亜以の簪をごみ箱に捨てたりした。そのほかにも思いつく限りのことをしては叱られてばかり。姉妹の中でいちばんいじいじして暗い印象だったが、このところ、そんな影がない。

「おとっさま、わし、この縁談はお断り申し上げまする」

と、お比佐は畳に両手をつく。

「ほう、お嫁に行く気はあるが、この縁談は断るとな」

と、おとっさま。

「では、お比佐は、どういうお方のところへ行きたいのかな」

そこで、お比佐はぼそぼそと、話し出した。

「お與喜姉さまは、窯元に嫁いで苦労なさいました。お亜以姉さまは、お寺に嫁いで、やっぱり、あまり幸せではないようですがん。わしは、土地もお金もなくても、舅や姑を世話せんでもええ、独り者の商売人に嫁ぎたいと思うておりまする」

「ほう、それは、またどうして」

「わしは、姉さまたちのように、お姑さまに優しく仕えることなどできません。また、お庫裏さんになるには、あまりにも口下手やから、とても、檀家の方とうまく付き合えません」

「お比佐ちゃん、商売だって、口下手ではうまくはいきませぬよ」

「商売こそ、愛嬌がいるんじゃないかね」

姉たちは口々に言う。しかし、お比佐は、年に似合わぬ考え方を持っているようだ。

「口下手でも出来る商売を見つけまする。愛嬌を売らなくてもできる商いなら、わしがちゃんと帳簿もつけ、必ず儲けてみせまする。そういう種類の商いのお方が出てきたら、嫁に行かせてくださいませ。お嫁入り道具もたんとは要りませんから、商売資金に持たせてくださりませ」

「そうか、そうか。よし、わかったぞ。お前にあったお方を必ずや探してやろうぞ」

おとっさまは約束した。お與喜はお比佐の答えに唖然とした。この小さい、いちばん味噌っかすのお比佐が、いつの間にかしっかりとした考え方を身につけていたのに、ただ驚いたのだった。

楽しく歓談しているところに、男の子が駆け込んできた。悲鳴のような声を上げながら、おいおい泣きながら、座敷まで駆け込んできた。お沙希の次男啓次郎と、三男丈夫であった。

「お、お、おっかさま。お、お、おばさま」

啓次郎はせっかちで少々どもることがある。あまりに慌てているため、口を斜めにゆがめている。

「な、な、直ちゃんが」

啓次郎の言葉は何を言っているのかわからない。はしっこい丈夫が、小さいながらも口を出す。

「直ちゃんが、空を飛んでいきゃあした」

「え、なんですと」

よく訊いてみると、川向こうの馬車道で、直太郎が馬車に撥ねられたというのであった。お與喜は、悲鳴を上げながら走り出した。座敷にいた全員が、続いて走り出す。瀬戸川にかかる橋を渡り、向こう岸に渡る。川の北側は、最近広い馬車道ができた。その通り沿いに、うどん屋や食べ物屋が立ち並んできた。その並びに、大きな場所をとって、建築中なのは、鯛治の料理旅館である。そこを一町ほど過ぎ、北へ曲がると、陶彦神社に突き当たる。その道の角に人だかりがしていた。馬車がそのまま残っており、興奮した馬がしきりにいないないていた。近所のおじさんたちが、馬の首にしがみついて押さえている。

「御者がいないぞ」

「どこへ行った」

怒号があちこちから、聞こえていた。

馬車道には、さすがに若い正が先に着いた。正は人垣を分けてその中へ入っていく。勇雄が呆然と立っている。その辺りに、真っ赤な血だまりが残っていて、お與喜は見るなり、へたり込んだ。

「今、お医者さまへ直ちゃんを運んでいかっせたの。道ちゃんがついていった」

勇雄が泣きながら報告する。近所の顔見知りの人の先導で、古瀬戸の医者までかけていった。

古瀬戸へは、三町ほどの距離である。

古瀬戸の医者は鳥銀の銀二の従弟にあたる男である。本来は蘭学をかじった程度の医者であるが、息子たちを名古屋の医学校へ通わせたり、なかなかに研究熱心で、病気の診立てがよく、

「源之輔さへ行けば、不治の病以外の大概の病気は治るぞん」

と、患者たちから信頼されている。おっかさまのときも、診てもらっていたから、お與喜は少々ほっとして、駆けつけた。だが、診察室の寝台に寝かせられた直太郎は、眠っているように見えるのに、もうぴくりとも動かなかった。一見は何も傷ついたところがない。可愛い手足をゆったりと伸ばし、その顔は笑っているようにも見えた。それでも、直太郎はもう息をしていない。

「お與喜さ、残念じゃが、直ちゃんは腰の骨が砕けて、そこからの出血が多すぎた。ここへ運ばれたときにはもう亡くなってござった。申し訳ないが、わしの力ではいかんともできん」

源之輔が丸刈りにした白髪頭を下げた。

「そんな、そんなひどいこと」

お與喜の喉から血を吐くような声が漏れた。

それから、三日ばかりのことをお與喜はほとんど覚えていないのだ。お通夜、葬式と立て続けに忙しく、大勢の親戚や知人が慰めに来てくれたが、お與喜の目からは一滴の涙も流れなかった。二宮家から金次郎や姑もやってきて、泣き崩れる。それなのに、お與喜は頭を下げるばかりで、終始毅然とした態度を崩さなかった。感情がなくなり、馬車の御者がどこかへ姿をくら

ましたと聞いても、怒りさえ湧いてはこなかった。

「かわいそうにのう。むねのとき、わしもそうじゃったわ。悲しすぎると、涙など出やせん。出るのは、余裕ができてからじゃった」

子供を亡くした経験のあるお沙希が、お輿喜にずっとついていてくれる。いつも背中に回したお沙希の手のひらの温かさだけが記憶に残った。

お通夜の晩に、しとしとと雨が降った。お線香の香りを打ち消すように、土の香りがどこからか漂ってくる。

おとっさまが、言われた。

「お通夜の晩に雨が降るのは、死んだ人が寿命を全うしたからじゃそうなよ。直ちゃんは、かわいそうじゃが、天から寿命を四年しか授からなかったのじゃ。そう思って、あきらめるしかないぞよ」

「お……」

お輿喜は、おとっさまに返す言葉を言おうとしたが、声が出ない。二日間、お輿喜の声は出なかった。出たのは、直太郎を火葬にすると決めたときであった。お輿喜は声を絞り出すようにして、言った。

「この子は、二宮のお墓にお返し申さねばなりませぬ。ただ、あちらの冷たい土にそのまま眠らせるのはいやでござりまする。どうぞ、煙にして、空を飛ばせてやってくださりませ」

お沙希の三男丈夫の、
「直ちゃんが空を飛んでいきゃあした」
と、いう言葉が、耳に残っている。動作ののろい直太郎は、従兄弟たちが走っていくのを後から追っていった。みんなはすばやく、馬車の前を走り過ぎたのだが、直太郎は数歩出遅れた。渡ろうとしたときには、馬車はもう間近に来ていたのだ。彼は、大きく弧を描いて、遠くへ撥ね飛ばされ、硬い地面に落ちた。そのときの状況が、いちばん幼い丈夫には空を飛んだように見えたのだろう。そして、直太郎は、白い煙となって空に消えていった。残ったのは、あまりにも小さな骨の一盛りであった。

直太郎の骨は、四十九日が済んだら、二宮の墓に連れて行くことにした。そのことは、姑と金次郎に了承を得てある。お與喜は骨を少し取り分けて、お守袋に入れ、しっかりと胸元に納めた。直太郎が二宮の墓に入ったら、金次郎の後妻の手前、お與喜はお墓参りに行くことなどできなくなる。直太郎と縁が切れてしまうのが悲しかった。だが、このことは、二宮家を去ったときからの約束事であった。

直太郎が死んだのは、わしのせいだ。お與喜は思いつめる。夫の里にあの疫病が出たとき、親戚やおとっさまの言うことを聞いて、さっさと里に帰ってきた。いくら、あのころ、金次郎が冷たく乱暴な夫だったとしても、自分は夫を見捨てたのだ。優しく、娘のように可愛がってくれた姑を見捨てたのだ。そして、その報いが、いちばん可愛がっていたわが子直太郎を奪われるという形で現れたのだ。そう思い悩むと、お與喜はご飯も食べられない。心配するおとっさまの手前、一応は飲み込むのだが、戻してしまうのだった。少々小太りだったお與喜の身体は、見る見る痩せ細る。お比佐とほとんど変わらないくらい小さくなった。正もお比佐も心配して、日頃作ったことがないお粥など煮てくれるが、飲み込む気も起こらない。元気が回復しないままに、十日ほどが過ぎた。

虚脱状態になったお與喜の元に、弟の道がやってきた。なにやら思いつめたように、口をへの字に結んでいる。

「姉さま、わしの命をとってくだされ」

と、道が懐剣をお與喜の前に置いた。

「なんですって」

見れば、母親お礼の里から、道が産まれたときに贈られた懐剣であった。松本屋の男の子は、正も道も、おっかさまの里から懐剣を贈られていた。

「わしが悪かったのです。直ちゃんの手を握って連れて行ってあげればよかったのに、つい、忘れてしもうた。おひねりをいただいたから、菓子屋へ行くことしか頭になかったのじゃ。ごめんなさい、ごめんなさい」

道の目から大粒の涙があふれ、幾筋も頬を伝って、流れ落ちた。

「死んだのがわしじゃったら、よかった。そうしたら、姉さまが悲しがらなくてもよかったのに」

とまで、言われたときは、さすがのお與喜も道を抱いて、泣き崩れた。

「死んでよい者などおりませぬ。お前も大事な弟じゃ。わしが背中に負ぶって、もらい乳に通った大事な大事な弟ですよ」

考えてみれば、道は亡き母からの預かり子、直太郎はわが子ながら、二宮家からの預かり子であった。もちろん、産み落とした愛しさは勝るとは思うものの、赤子から育てるのを手伝った弟の道も人一倍、可愛かった。

お與喜は、ぎゅっと道を抱きしめる。道もまた、母以上にお與喜に懐いていた。この八歳になったばかりの子に、こんな悲しいことを言わせてはならない。自分には、道の面倒を見るという使命がある。泣いてなどいられない。お與喜は気づく。弟妹を立派に育て上げること、それがこれからの自分の選ぶべき道であろう。

「道ちゃん。心配かけたね。姉さまはもう泣きませんよ。お前も命を捨てることなど考えてはなりません。お互いに、松本屋の子じゃものね」

お與喜がその日を境に、きびきびと働き出すまでに、時間はかからなかった。

ところが、話はこれで終わらなかった。直太郎が死んでから、一月後に千兵衛親分が、珍しく黒紋付、羽織姿で、松本屋にやってきた。店の土間に一歩足を踏み入れるなり、そのまま座り込んで、深々と土下座をする。彼は手に油紙で何重にも包まれ、さらに風呂敷で縛った丸いスイカのようなものをぶら下げている。彼はそれを、自分の前において、おとっさまとお與喜に差し出すようなしぐさをした。そして、次のように話し始めた。今回の直太郎を撥ねた御者は、自分の経営する運送会社の者であると。

「やつがれは、馬の買い付けに、英国やイタリアまで出向いており、昨日戻りましてござりやす。お輿喜さまの坊ちゃんを、うちの馬車が撥ねたこと初めて知りました。その際の御者は、実は手前の妹の子でござりやす。この生業では、生涯、子も妻も持つまいと思っておりやしたが、昨年養子に貰い受けました。この息子がしでかしましたこと、大恩ある旦那さまや、お輿喜さまに対して、申し開きのしようがござりません。早速、息子の首を刎ねて、お詫びに参上いたしました。どうぞ、お納め願いやす」

「な、なんと。息子の首を刎ねたと」

おとっさまも、お輿喜も絶句する。

「愚かな。今は江戸時代ではないぞよ。明治もすでに三十七年、文明開化の世じゃ。千兵衛、お主狂うたか」

「狂うたなら、どんなに良かったことでござりやしょう。確かに、今は文明の御世、手前もそのことはよっく承知しておりやす。しかし、聞けば、この息子はお宅の坊ちゃんを撥ねた後、怖くなって、馬車をすっぽかしたまま逃げた卑怯者にござりやす。こやつめ、家の押入れにずっと隠れておりやしたとか」

確かに、あのとき、御者の姿は見えなかった。だが、お輿喜はそんなことも気づかないほど、動転していたのだった。おとっさまは、物静かな調子で、千兵衛を諭す。

「それだからといって、お主が首を刎ねることはあるまい。今回のことは、飛び出した直太郎にも負い目はある。日本は法治国家ぞ。罪を問うのは警察に任せねばならぬ」

「しかし、これが手前ども極道のしきたりでございます」

「馬鹿者。お主はそうでも、わしらは普通の国民。法に従うのじゃ」

呆れるおとっさまに、千兵衛はなおも言う。

「お怒りが鎮まらないのはごもっともにござりまする。すべては、この千兵衛の不行き届きにござります。もちろん、息子の首、差し出すだけではおきませぬ。この千兵衛の白髪首も差し出して、お詫び申し上げまする」

言うなり、千兵衛は懐から匕首を出して、自分の喉を突こうとする。それを見ていたおとっさまは、さすがに機敏であった。おとっさまは、千兵衛の前に素早く飛び降り、手刀でさっと匕首を叩き落とす。畑仕事もろくにできない小柄なおとっさまではあったが、昔、修行した剣術の腕は確かだったようで、その動作には隙がなかった。

「馬鹿者」

いつも物静かなおとっさまが一喝する。大柄な千兵衛はぶるぶるっと身震いし、土間にひれ伏した。

お與喜も裸足のまま、土間に飛び降り、千兵衛の前に片膝をついた。

「おじさんが死んで、直太郎が生き返るなら、死んでいただきましょう。でも、無駄なことはおやめくださいませ。死ぬのは、直太郎だけでたくさんでござりまする」

お與喜は、いつになく怒っていた。理不尽な運命に、珍しく怒っていた。

「おじさんは、将来を見据えて運送会社を興されたような大きな方ではなかったのですか。おじさんの、あのきらびやかな馬車に乗せていただいた経験を、お與喜は一生の宝としたいと思うておりました。それなのに、今回のおじさんのなされ方、とても信じられませぬ」

お與喜は千兵衛の肩を力いっぱい叩く。腕力の強いお與喜の一撃に、頑丈な千兵衛も不意を突かれ、後ろにどっと倒れた。お與喜はさらに言う。

「直太郎は優しい子でござりました。人の命などほしがりませぬ。人が死に、その見返りに人の命を差し出すなど、間違っておりまする。その御者さんのおっかさんは、どんな思いをなされたのでしょうか。その方の恨みが、残された松本屋の弟たちに及ぶようなことがあれば、わしは、おじさんを許しませせぬ。そのようなやり方では、いつまで経っても、お互いに死が続くではありませぬか。死を死で贖うようなそんなおじさんのお考え、納得できませせぬ。二度と、この松本屋の敷居を跨いでくださりますな」

「お許しなされ。この千兵衛、浅はかでござりました」

千兵衛は風呂敷包みを胸にしっかと抱えて、悄然として去った。その後、彼の姿は瀬戸町から忽然として消え、運送屋もいつしか忘れられたのであった。

その4　お比佐

明治三十八年が明けた。また、松本屋の門口には松飾がない。門口は寒々として、昨年の悲しさを示しているようだ。直太郎を亡くした悲しみは、いつまで経っても癒えはしない。気分が沈んでいるせいか、今年の正月はとりわけ寒く感じられる。雪交じりの木枯らしが、元旦早々から門口に吹き付けていた。

お與喜は、あれからいつも、馬車に撥ね飛ばされる夢を見る。直太郎と追いかけっこをしていて、直太郎が逃げる。足の遅かった直太郎は、夢ではとてもすばしこい。お與喜がどれだけ追っても追いつかない。そして、あの角へやってくると、お與喜の前に突然に、赤いビロード張りのあのきらびやかな馬車が現われるのだ。お與喜は馬車に撥ね飛ばされる。そして、空を飛ぶ。青い空をどんどん飛んでいって、しばらくはとても愉快なのだ。ところが、突然に、お與喜は地面に落ちはじめる。速度を増してずんずん落ちていく。腰からどんと落ちる。地面にぶつかった瞬間は、とても痛い。骨が砕けているのだから。お與喜はあまりの痛さに目が覚める。そして、

「直ちゃん、どんなにか痛かっただろうね」

と、こっそりと泣くのであった。

それでも、月日が経つと、夢を見る回数がだんだん減ってきた。日常の忙しさにかまけて、直太郎を思い出すことを少しずつ忘れているときがある。それを、心の中で直太郎に詫びながら、お與喜は、弟妹やおとっさまの世話を今まで以上に一生懸命努めた。無我夢中で暮らしているうちに、いつしか日露戦争も終わっていた。

旅順攻防戦において、鍵となった二百三高地の戦いで日本軍が勝利してから、巷では女性の髪形に二百三高地というのが流行った。その平たい地形を模して、考えられた髪形で、瀬戸のような田舎町にまで流行ってきた。

「いやじゃ、あんな、わけのわからない髪形。わし、金輪際しない」

と、言い張っていたお比佐が、いちばん初めに髪結いさんで結ってもらい、

「これ、楽じゃわ。自分でもできる」

と、姉たちに見せびらかした。なるほど、思ったより品の悪くない髪形である。そこで、お與喜も一度結ってもらった。額が大きくて四角いお與喜にはあまり似合わないが、その後、見よう見まねで自分でも結ってみると、案外簡単に結えた。自分一人で結えるのが楽である。前髪と横鬢の毛を上へ引っ張りあげ、そこに抜け毛を丸めたかもじを押し込んで膨らませる。全体の毛を上で一つに束ねてから、その先を頭の天辺に蛇がとぐろを巻くように、渦巻き状に丸めて押し込むだけで、何とか格好がつく。いちいち髪結いさんに行かなくてもいいのだから、瞬く間に流行ったのも無理なかった。

明治三十八年四月二日、かねてより計画中の、瀬戸自動鉄道が開通した。尾張瀬戸と矢田間を走る鉄道であった。この鉄道によって、人の行き来は簡単になり、名古屋との往復が頻繁になった。瀬戸町にも近代化の波が押し寄せてきたため、町役場は増築することになった。役場に隣接していた松本屋は、移転を余儀なくされた。昔気質の大工に建てさせた思い出深い家であったが、おとっさまは思い切って川向こうの替地に移ることを決めた。その土地は、鯛治が経営している大きな宿屋、米屋の角を曲がって五間ほどのところにあり、馬車道には面していないが、かえって前の通りを散策するには安全であった。町役場では、そこを栄通りとして、店舗を揃えたい計画があった。おとっさまは、それに賛同し、三十九年には移転できるように、新しい店舗を注文した。急いで建てさせたため、以前の普請ほど手の込んだ家にはならず、柱も細い急ごしらえになったが、間口だけは前にも増して広いものとなり、おとっさまは満足だった。おっかさま、直太郎と続けて亡くしてしまったお與喜の気持ちを考え、新しい店でやり直してもらいたいと思ったのである。

引っ越しが間近に迫った明治三十九年の元旦早々、嬉しい知らせが舞い込んだ。それは四女お比佐の縁談で、彼女がかねて考えていたとおりの相手が見つかったのである。

この縁談は、仲人好きの仏壇屋のおよねではなく、おやゑおばが持ってきた。

「最近、お泊まりのお客さまの中に、漢方の薬屋さんがおらしてのう」

と、おやゑは切り出した。

「瀬戸町の医者に薬を卸してござるが、これがよく効くと、評判でござりますそうな。源之輔先生のところにも、たんと卸しておられると聞きましたぞん」

「ほう、して店舗はどこに構えておられるのかな」

おとっさまも関心を持った様子である。

「それが、まだ資金が足りず、行商のような形ですわ。海部郡十四山村の小さな自作農の四男じゃって。身元は堅いし、名古屋の大きな漢方薬局で十年ほど修業されておったが、独立を許されたのですわ。瀬戸や挙母（現在の豊田市）などの得意先を分けてもらったから、取引先は多いそうなよ。瀬戸町の取引が多いから、店舗でも借りて、落ち着いて商売を始めたいというご意向でね。ある程度の資金は今までの稼ぎから貯めてござるそうですが」

「ふむ、腕はあるが、家なしということでござるか」

「その代わり、お世話するべき親もござりませぬぞ、兄さんたちが三人もおりゃあすし、総領の兄さまが、ちゃんと跡をとっておられるそうな」

「それは、お比佐には願ってもないこと。どこぞに、ええ店舗が見つかりますかな」

「それが、あの陶彦神社のすぐ側の加藤広吉っつあんが借家をたくさん、建てられたそうな。広吉っつあん、病気しやあして、役所の勤めをやめられたがん。これからは借家の家賃で悠々自適に暮らすおつもりだげなよ」

「ふうん、それは、ますますもって、好都合ですな。あの辺りには薬屋が一軒もないから、みなが不便しておりました。薬屋を開けば当たるのは間違いござらぬな」

「そうそう、薬屋ならば、愛想を振りまかなくてもええのじゃないかん。偉そうにしていても、困った病人ならば、薬を買いに来るでしょう」

お比佐の縁談は、とんとん拍子に決まった。相手の男、杉原も依存はないという。お比佐は、杉原の顔も見ずに話を受けた。まさに彼女の考えた条件にぴったりの相手だったからである。

おまけに、杉原がやってきたとき、お比佐はじめ、松本屋一同はびっくりした。杉原は背も高く、肩幅もがっちりしたなかなかの美丈夫で、まるで西洋人のように色が白く、髪の毛も少々縮れて茶色っぽかった。目玉の色さえ、薄いように見えた。

「あの方は、本当に生粋の日本人でござるか。どこぞに西洋人の血は入っておらぬのか」

と、おとっさまがおやゑに尋ねたほどであった。

「いんねえ、聞いておりませぬぞ。生粋の十四山村育ちじゃやげなに」

確かに、結納についてきた杉原の長兄などは、百姓仕事で日に焼けて赤黒く、背格好はそっくりながら、目鼻立ちも普通の男であった。

「お與喜ちゃん、昨年大当たりの小説『吾輩ハ猫デアル』を読んだことはあるかね」

と、鯛治が訊く。

「いいえ、まだござりませぬ」

「そうだなあ、去年からお與喜ちゃんは、その余裕がなかったもんな」

と、彼はお與喜を気の毒そうな目で見ながら、

「あの男、その作者の夏目金之助先生にそっくりだがや。まあ、俺も雑誌に載っていた小さな写真を見ただけやけどな。もっとも、夏目先生と比べると、あの男の顔つきには、どこぞに商売人としての抜け目なさがある。転んでもただでは起きない男だのう。あれは、儲ける男じゃ」

などと、付け加える。この時代、瀬戸では小説など読むものは、ほんの一握りであった。鯛治は愛知一中時代から、文学青年でもあったらしい。彼の宿屋、米屋はそれからも瀬戸川沿いに拡張を続け、大きな宿屋となって、昭和の末まで繁栄したのだった。

お比佐は、思いがけない杉原の様子に、ぼうっとしていた。お與喜は、背が高く面立ちも立派な杉原と並ぶと、あまりにも貧相な妹がいかにも不釣合いで、むしろ気の毒に見えた。しかし、二人とも満足しているのだから、これで良いのだと思う。美丈夫の杉原を見ていると、突然に、加藤増五郎のことを思い出した。彼は日露戦争で負傷して帰ってきて以来、しばらく療養を続けていたが、またぞろ、東京の連隊に戻ったそうだ。増五郎ならば、この杉原よりもさらに上背があり、もう少し可愛げがあると思う。そして、なぜかそのようなことを考えている自分が気恥ずかしかった。

おとっさまは、広吉っつあんの借家を借り受け、店舗用に改造し、少々の運転資金をお比佐に持たせることにした。お與喜は、母親代わりになって、お比佐に持たせる箪笥を選んだ。上の三人はそれぞれ桐の箪笥だったのだが、お比佐は姉たちと違って、黒い塗りの箪笥を選びた

いという。へそ曲がりのお比佐らしい選択であった。本人がよければそれで良いと、箪笥、鏡台すべて塗りで揃えた。簪、笄の類は少なめにして、お比佐は事業資金を懐に嫁入りした。こうして、二人の小さな新しい薬屋が開店した。

薬屋は、初めから繁盛した。お與喜が時折覗きに行くと、店の奥で、にこりともしない仏頂面のお比佐が、なにやらこげ茶色の汚いかけらを薬箪笥から取り出して、薬研でごりごりと擂り潰していた。これは、木の皮やら、鮫の皮やらの干したもので、杉原が仕入れてきたものとのこと。亭主の杉原は、仕入れはもちろん、あちこち、卸し先を開拓したり、配達も受け持っているらしく、ほとんど家にいない。店では、お比佐が一人きりで、亭主に教えられたとおり、薬を調合したりした。元手は大してかからないのに、粉にして売れば結構高価な値がつくらしく、薬九十倍《くそうばい》とはよく言ったものと、お與喜は納得して帰ったのであった。とにかく、愛嬌のないお比佐にはうってつけの商売であった。杉原屋は品揃えが豊富ということで評判になった。その後、店はどんどん大きくなり、配達人や、ねえやなども雇ったのだが、お比佐はしっかりと金庫を預かり、事業資金を何十倍にも増やしたのだった。

その5　お亜以

お比佐の結婚を知らせたのだが、お亜以は帰ってはこられなかった。子を身籠って、とてもつわりが重くて出られないと、いつもの素っ気ない書き方で、簡単に手紙をよこしただけだ。お與喜もお沙希もつわりが軽かったので、お亜以が帰ってこられないのは、またいつもの我儘かと家族中が思った。

「どうせ、お亜以姉さまは、わしなんかどうだってええと、思ってりゃあすんじゃわ」

またも、お比佐が僻んだ。

「でも、確かに伊賀は遠いからのう。東京へ行くくらい大変じゃもの」

と、お與喜はお比佐をなぐさめる。しかし、この時代、関西鉄道が名古屋と奈良間を走っており、伊賀上野は途中にあるから、時間はかかるものの、行き方は意外と簡単であった。ちなみに、関西鉄道は明治四十年に鉄道国有法により国有化されている。

「若住職の妻じゃから、おいそれとは出てこられないのじゃないかねえ」

お亜以はおっかさまの葬式にも帰ってこなかった。直太郎の死んだことは、後から知らせるだけにしたのだが、お亜以は形式的な慰めの手紙しかよこさない。ただ、なんだか、口籠ったような書き方をしているので、それが気になっていた。格式の高い寺だけに、よほど、お亜以は苦労しているのだろうと、おっかさまの看病に帰ってきたときの、お亜以のやつれようを思い出しながら、お與喜は心配している。心配しながらも、遠くのことだから何もできないまま、月日が暮れた。

お亜以は、妹の結婚式にも帰らず、出産は伊賀ですると言い張っていた。暑い夏も過ぎ、九月もあと一日で終わりである。来月になれば産み月だなと思っていたら、突然に、伊賀から速達が来た。差出人は夫の雑賀である。お亜以の妊娠中毒症がかなり重い。お與喜に会いに来てほしいとしきりに言っていると、書いてあった。

お與喜は、おとっさまやお沙希と相談して、思い切って、お亜以の見舞いに行くことにした。おとっさまや道の世話は、お沙希が毎日寄ってくれるというから、安心だった。だが、この当時の女性として、旅行には決心が要った。伊賀上野までは名古屋から一本で行けるとはいうものの、一人では心細い。特に、おっかさまがお亜以の婚礼に伊賀まで出向き、病気になってしまった経験があるから、心配だった。新婚早々のお比佐も誘ってみるが、ようやく軌道に乗り出した薬屋を休むわけにはいかないという。おまけに、お亜以に対する恨みがまたぞろ顔を出し、

「わし、お亜以姉さまになんか、会いたくないわん」

と、素っ気なく断られてしまった。従弟の鯛治に相談すると、思いがけなく夫婦で一緒に行ってくれるという。彼はお比佐と前後して結婚したので、その妻を親友の雑賀に引き合わせるためにも、ついでに連れて行くとのことであった。鯛治の新妻は、三河の宮司の長女で、村一番

の小町娘であり、川上貞奴そっくりの美人であった。顔が綺麗なばかりでなく、気風が滅法良かったから、一緒に行ってくれるのは心強かった。

お與喜と鯛治夫妻は、瀬戸自動鉄道、官営鉄道、関西鉄道と経由し、伊賀上野駅に降り立った。駅には雑賀が迎えに出てくれていた。人力車でお寺まで行き、雑賀の両親への挨拶もそこそこに、お亜以の部屋へ行く。

お與喜が部屋に入ると、お亜以は熱があるらしく、頭に氷嚢を当てて寝ていた。枕元に座ると、お亜以はむくんだ瞼を姉のほうに向けた。

「よう姉さま」

お亜以はさめざめと泣き出した。姉に向かって差し出す手は、びっくりするほど痩せ細っている。それなのに、腹だけがぼってりと突き出し、薄い夏蒲団に隠れていても、異常に膨れている気がする。まるで、餓鬼のような姿に、お與喜は慄然とする。お亜以の顔には、すでに死相が出ているように感じる。傍らの雑賀に、

「まあ、こんなに痩せるまで放っておかれたのかね」

と、思わず言ってしまったほどだった。それほどにお亜以の顔色は土気色で、生気がなかった。それなのに、

「姉さまがいりゃあしたから、もう安心ね」

と、お亜以は微笑む。子供の頃から変わらない、天真爛漫な表情だった。この表情のおかげ

で、一人だけおっかさまから贔屓にされ、姉妹の間の騒動の因となったのだが、もとより、お亜以に責任はない。

「お産は、誰もが経験することだがん。気をしっかり持って、頑張らんといかんぞん」

と、頭を撫でてやる。さっと撫でたつもりが、お與喜の指にお亜以の髪の毛ががさりと引っかかって、抜けてきた。その量の多さにびっくりする。黒髪が自慢の姉妹の中でも、とりわけたっぷりとしたお亜以の髪が、少なくなっている。

「髪の毛がよう抜けて困るの。禿になったらどうしよう」

お亜以が泣き声を出す。

「おまさんは、少々抜けたほうがええやないかん。多すぎて毛抜きのお姫さまのようになってたもの。これくらいで、当たり前だぞん」

と、ふざけて慰めた。

「親の身体が痩せ細るのは、その分、お腹の赤ちゃんが元気すぎる証拠だがん。母親の身体まで食い尽くすほどの子ならば、かえって安心と思いなされ」

「はい。姉さまの言やあすとおりね」

いつにない、お亜以の素直さがかえって悲しかった。

それから十日、お與喜はお亜以のために、一生懸命看病した。鯛治夫妻は三日ほど滞在して、取りあえず帰っていった。鯛治の妻が、松本屋のみんなの世話も通ってしてあげると約束してくれたから、お亜以のお産が済むまで残って、身の回りの世話をしてやることに決めた。思えば、お亜以がお産するまでのこの十日間で、お與喜は初めてお亜以の心情を知りえた感じがする。お與喜は次女のためか、姉のお沙希といちばん仲が良かったし、お亜以のことは突き放して考えてきた。妹を世話する場合も、自然と、お沙希がお亜以を、お與喜がお比佐を世話するように役割分担してしまっていたから、お亜以とじっくりと話し合ったことがなかったのである。

二人は寝床を並べて、夜っぴて話をした。話すのは主にお亜以だった。

「わし、何にも知らんで、過ごしてきたがん。自分のことしか、考えなかった」

お亜以は、さめざめと泣く。

「おっかさまの贔屓をいいことに、いっぱい、姉さまたちや妹を傷つけてきたのやねえ。今、その報いがきているのかん」

「そんなことないよ。おまさんは、昔から陽気で、わしたちを楽しませてくれたじゃないか」

確かに、尋常小学校で習う歌などもお亜以はみんなの前で率先して披露し、家族の中で一番、華のある子であった。

「そんな可愛いところがあるから、おっかさまもお前が好きやったんだね。お前が可愛かったせいだから、仕方ないじゃないかん」

そんな、天真爛漫な娘を、ひたすら嫁に来てくれと願ってさらっていったのに、雑賀は病室へ顔も見せない。いくら、僧侶の仕事が忙しいからとはいえ、朝晩、顔を覗かせるくらいしてもいいと、お與喜は腹立たしくなった。

「若（住職）さまは、よそに女子を囲っておいでですわん。学生時代から付き合いのあった、下働きの女子ですと。お姑さまは男の甲斐性やから、気にするほうが我儘とお言いやあして」

お亜以はさめざめと泣く。彼女は昔から誇り高く、おまけに気が強くて、自らの言い分を押し通すから泣かない子であった。こんなに泣くのは、嫁いでからである。

「苦労したんだねえ」

お與喜は、お亜以の慰めになるかと、自分の結婚生活の話などを正直に話してやる。

「姉さまのように気のつくお方でも、金次郎さまからのひどい仕打ち。女子とは悲しいものでござりますねえ」

お互いに夫の理不尽を話し合って、まるで傷口を嘗め合うようにして、過ごした。この十日間のことを、お與喜はいつまでも忘れることができなかった。

「お亜以ちゃん、わしの結婚生活は、もう終わってしまったけれど、お前はまだこれから。耐えなされ。女子は耐えるしかありませぬぞ」

「わしは、我儘で気の利かん女やから、冷たい仕打ちを受けても仕方がござりませぬな」

ここまで言えるほどにお亜以は成長し、そこまでの過程の辛さを、お與喜はかわいそうだと思う。

お亜以の世話をして十日暮らしたとき、彼女は突然に言い出した。

「姉さま、今度のお産で、わしは死ぬような気がいたしまする。男の子が生まれたら仕方ないけど、女子が生まれたら、操と名づけてくださいね」

「あら、操なんて、ハイカラな名前。雑賀さんが考えやあしたの」

「いいえ。わし、ひとりで考えましたぞん」

お亜以は、かすれた声できっぱりと言う。

「若さまが何をされようと、わしは、あの方の妻。今もお慕い申し上げておりまする。操はわしの心意気、娘に名前をつけるのは、その証でござりまする」

そして、お亜以はほどなく産気づいた。だが、苦しむばかりで、なかなか産むまでに至らない。

「具合が悪うて寝てばかりだったで、腹の子が大きくなりすぎたんやないかね」

と、お亜以の姑が、心配とも嫌味ともつかないような口調で言う。確かに、お亜以のお腹は大きすぎるように見えた。お亜以はとても苦しがった。苦しがって、お與喜にしがみつくので、お與喜の腕に何本もの蚯蚓腫れや、青痣が出来てしまったほどだ。丸一日、お亜以は苦しみ続け、それでも、女の子を産み落とした。大きな子であった。

「立派な女の子ですよ。よく頑張ったね」

と言うと、お亜以はにっこりと微笑んだ。

「この子の名前は、操よ、忘れないで」

かすかな声で言うのが、最後であった。お亜以の顔から血の気が薄れた。そのまま失神する。意識が戻らないまま、息を引きとった。

お與喜はひと月ほど伊賀に留まり、操の世話をした。操は不思議なことに、というよりは血筋なのか、亡くなったむねや直太郎に良く似た顔立ちであった。愛おしさがお與喜の心に湧いてくる。操も生まれたてながら感じるのか、お與喜が世話をすると泣きやむのであった。

伊賀のお寺は檀家も多くて、忙しかった。奉公人などの人手はあるものの、操を里子に出す話が出てきた。今年は丙午に当たり、この年に生まれた女の子は縁起が悪いなどと言われたせいもある。近所の農家などでは、女の子が生まれると間引いたそうである。

「分院に子がないから、いっそ養女に出したらどうかえ」

と、お舅さまや、雑賀までが厄介者のような目つきで操を見る。お與喜は憤然として操を引き取ると宣言し、瀬戸に連れ帰った。もちろん、いずれ雑賀が後妻などをもらい、一家が安定したときには返すという約束である。連れ帰る際には、正とおやゑおばが迎えに来てくれた。

松本屋の家に久しぶりに赤ちゃんの泣き声が響く。おとっさまは、

「この子は、お亜以の生まれ変わりじゃな」

と、相好を崩す。お與喜は直太郎の代わりが来たようで、嬉しかった。もちろん、直太郎の亡くなった穴を埋めるわけにはいかないが、山羊の乳をもらいにいったり、重湯やら麦芽糖やらを与えたりして、実の子のように世話をした。

その6　増五郎

明治四十年、お與喜はいつしか二十七歳になっていた。相変わらず、おとっさまや弟妹、それと姪の操の世話である。正は勤め先が名古屋になり、通うのが大変だから名古屋で下宿を始めた。一応、自立したわけである。道はまだ十歳だがなかなか考え深く、それでいて、言葉の端々にお茶目な言い回しをして、みんなを笑わせる。思いやりのある少年に育ったことが、お與喜は嬉しかった。むねと似た面立ちの操は、顔だけは似ているが、性格はまったく違った。おしゃまなむねとは比べようもないほど発育が遅い。一般に男の子の言葉の発達は遅いが、晩生の直太郎の子供時代と比べても、格段に遅かった。首の据わるのも、お座り、はいはい、どれをとっても、従姉兄たちよりふた月以上遅れていた。それでいて、操はとても陽気で、よく笑った。

「さあちゃ、さあちゃ」

と、みんなから声をかけられて、げたげたと馬鹿笑いのような声を上げる。その声が面白いから、埋め子に入れて、店の帳場におくと、お客までがからかって喜んだ。

「こんなに笑うから、まさか馬鹿ではあるまいな」

おとっさまは、心配そうに、時々、操を覗きに来ては言う。

「大丈夫ですよ、おとっさま。操は、生まれつきのんきな質らしいから、遅いのでございましょう」

お與喜は、あまり気にしない。弟妹、甥や姪、そして、直太郎の育つのを見てきているから、人の育っていく過程は実に様々だということが、よくわかる。一時的には遅れていても、ある時期で急速に伸びるということが、多々ある。操は、まるっきり夜泣きもしない。もらい乳や、山羊の乳でも重湯でも、なんでもぺろりと平らげる。そして、夜もぐっすりと寝て、一度も目を覚まさない。まるで、自分が世話になっているから、迷惑をかけてはいけないと思っているかのように、手がかからなかった。

「よく眠るのは、ようさまそっくりだね」

と、お沙希が様子を見に来て、笑う。

「え、そうだったの」

「おまさんは、子供の頃から肝が太くて寝てばかりおりゃあしたな。わしたちの寝ていた部屋の襖が、立て付けが悪くてのう。夜中にどんと音がしたから、みんなが飛び起きると、ようさま、おまさんだけが、襖を着たまま、平気で眠っておりゃあした」

と、お與喜がまるっきり覚えていない頃のことを話して聞かせる。

「ただし、歩き始めたら、おまさんのようにお転婆な子はいなかったぞん。おっかさまとばあやが二人がかりで追っかけても間に合わぬくらいに、おまめさんじゃったなあ」

姉は、子供の頃のことが鮮明である。お與喜は、みなからはしっこくて利発だったと言われる割には、昔のことをまるで覚えていない。都合の悪いことや悲しいことはさっさと忘れるというのんきさが、あるようだ。だから、悲しいことも難なく乗り越えていけるのかもしれなかった。

珍しく操がむずかったので、おんぶして散歩に出かける。弥生も半ば、特に今年は暖冬のせいか、ねんねこを着ていると汗ばむほどの陽気である。しかし、心地よい風が吹いてきて、気分が晴れやかになった。どこからか梅の花の香りもする。操も上機嫌になり、だあだあとわけのわからぬ声を発して、手を振り回す。仏壇屋さんの角を曲がって、一筋南の筋まで行く。鳥銀の大きな門口がぴたりと閉ざされて、閉店という看板が出ていた。

不思議に思って、仏壇屋の前まで戻ると、目ざとくおよねが出てきた。

「おばさん、鳥銀さん、お店、やめやあしたの」

と、訊いてみる。

「あれ、お與喜ちゃん。知りゃあせなんだか。ほうか、おまさんが伊賀へ行ってりゃあした間のことだったかなも」

およねが、声を潜めて言う。

「鳥銀さんとこ、潰れたんだわ。長男の和夫さんが、道楽して、大借金をこさえやあしたとかでよう。債権者が押しかけてきて、どえらいこっちゃった」

「まあ、それは、大変なことで」

思わず声が上ずった。

「では、増五郎さまや、おまつさんはどうされましたの」

「それがさ、潰れたといっても名目だけやでね。おまっつあんは利巧やでなあ。銀二さんを説得して、債権者が来る前に、財産をすべて自分名義に直しておいたらしいよ。だで、和夫さんと弟の増五郎さんがもらう取り分は、すべて無《の》うなってしまったけどな、ほとんどの財産は残ったげなよ」

「まあ、そんなことが出来るのですね」

「さらに利巧なのは、おまっつあんが産んだ総領の銅吉じゃわ。ほかの子は、みんなおとっつあんの銀二さんの籍に入れてもらやあしたのに、自分だけは頑としておまっつあんの籍に残って、私生児のまま、外川銅吉ということにしたとよ」

「まあ、それで」

「それで、残った財産を独り占めにしてしまったんやと」

お與喜はびっくりする。増五郎の弟の銅吉も、尋常小学校のときから、賢い子だとは聞いていた。ただ、鳥銀の主人銀二という男は学問嫌いの職人気質で、鳥料理職人の息子には学問は要らぬと言い張り、それぞれ成績優秀であったのに、せいぜい高等科にしか進ませなかった。学用品も一切買い与えず、それぞれの子供たちは、ゴミ箱をあさったりして、ちびた鉛筆などを揃えたという。かといって、銀二がまずしい小作農出身というわけでもなかった。彼の従兄弟たちには医者が複数にいて、このころの医者の身分は高くなかったとはいえ、その子供たちはそれぞれ名古屋医学校へ進んでいた。ちなみに、従兄のひとりは医者の道に進み、その後政界へ打って出た。銀二だけが文盲であり、学問を毛嫌いしたわけがわからない。増五郎の兄弟は、自分と成績が変わらない復従兄弟たちに比べ、父親の無理解を嘆きながら、その向学心を不必要に抑えて育たねばならなかったのである。長男の和夫が鳥銀を継ぐのを嫌って、酒に溺れたのも、銀二に対する反発からであった。

「和夫さんはそんなことがあったからか、酒飲み過ぎたのか、まんだ若いのに、それからひと月も経たんうちに脳溢血でぽっくりよ。和夫さんの子は生まれるとすぐに、おっかさんに死に別れたのに、今度はおとっつあんやらあ。かわいそうでかんわ」

「で、そのお子さんは」

「独り者の増五郎さが引き取って、育ててりゃあすそうじゃわ。十歳くらいやから、そう手はかからんやらあが、自分がこれから奥さんをもらわないかんのに、甥つきではなあ。あの人も大変じゃ」

他人事ながら、増五郎の身が心配になる。お與喜自身も弟や姪を育てているけれど、これは、松本屋の主婦を兼ねているからだし、これが自分の使命と思って生きてきた。しかし、増五郎はまだ二十五歳のはず。これからの若い身で、どうして生活するのだろうか。

他人事ながらあれこれ悩みつつ、家に戻ると、姉の夫、松太郎が門口から出てきた。

「おや、ようさま。操ちゃんの世話かね、ご苦労さんだねえ」

と、優しい口調で言う。そして、何か言いたげな表情で、口をもごもごしながら、結局何も言わずに帰っていった。

「ただいま、帰りました」

店へ入ると、

「お與喜、ちょっと来いよ」

おとっさまから、突然に呼ばれた。昔からの習慣で、お與喜はぎくっとする。おとっさまはとても優しい、静かな人だが、おとっさまから、呼ばれるときが今でも怖かった。

「はい、なにか、わしに不都合がござりましたか」

お與喜は、びくびくして、おとっさまの前に畏まる。

「何を、びくついておる」

おとっさまの目が、面白そうにくるりと動いた。

「今、松太郎さんに会わなんだかや」

「はい、門口でお会いいたしました」

「何か、言われなんだかや」

おとっさまは、とても嬉しそうに、笑った。

「いえ、何も。お義兄さまは、何か大事なご用事で来られましたのか」

「そうじゃ、とても大事な用事じゃったぞ」

と、おとっさまは、松太郎の来た用件を話し始めた。そして、その内容はお與喜にとって、思いがけないものであった。

「お與喜、お主に婿養子をとることにする。そして、この松本屋を継いでもらう」

「まあ、うちには長男の正や次男の道もいるではありませぬか」

「正は、専売局が性に合うとるようじゃ。律儀な男じゃから、勤め人のほうが良い。そのほうが、生き生きと暮らせるじゃろう。道は手先が器用だし、先の見通しができる子じゃから、本家から、商売の跡を継いでもらいたいと、すでに引きが来ておる」

「ご本家は、なにやら変わったご商売を始められたのでしたね」

「そうじゃ。本家の総領は、手足をなくした人のために義足を作る仕事を始められるそうなよ。日露戦争で負傷者が多く出たじゃろう。その方たちが一人で歩けるように、いろいろと考案されているそうじゃ。なかなか人が思いもつかぬ立派な仕事よのう。今はまだ商売にならぬが、道が中学校を卒業する頃には目途もつくじゃろう。そうしたら、手伝いに来てもらいたいと言うて来られた。もちろん、まだまだ先のことじゃし、道がいやなら無理強いはせぬが、あれは気性も優しいから、義足などを作る仕事は適役のような気がする。それに、道は決断力もある。これから開拓する分野には向いておると思うが」

「ご自分の息子に文具屋を継がせないで、わしの夫に継げとはおかしくはございませんか。して、どなたが婿養子に来てくださるのでございましょう。わしは、出戻りでございますするよ。

操の世話もいたさねばなりませぬし、条件はまったく悪うございまする」

「もちろん、そのことは十分承知の上での話じゃ。それに、文具屋はお主が継ぐので、相手は将来、好きな仕事をして良いのじゃ」

「それにしましても」

お與喜は、気が引ける。こんな条件の自分で良いというのは、また、金次郎のような覇気のない男ではないのか。

「実はな、向こうにも少しは負い目がある。甥持ちなのじゃ」

「え、甥持ちでござりますると」

「しかも、財産も家もなしの男じゃ。ただし、まだ二十五歳。結婚もしておらぬし、立派な男じゃ」

「ま、まさか、そのお相手は」

鳥銀の増五郎とは、口が裂けても言えぬこと。出戻りの自分とはあまり不釣合いな好青年であった。その名を口走ったりすれば、いくら、おとっさまでも、呆れられるのではと躊躇った。でも、おとっさまはさらりと言ってのけた。

「うむ、鳥銀の次男、増五郎じゃ」

松太郎からもたらされた話はこうだ。一応、増五郎とお與喜を夫婦として、松本屋に住まわせてほしい。そして、甥の文治の世話もついでに見てほしい。そして、四年ほど増五郎を東京へやって、学問を修めさせてほしい。その資金も松本屋で全額負担してほしい。増五郎が学士となって帰ってくれば、二人は晴れて夫婦として暮らせる。

「相手にとってのみ、都合の良い話に聞こえるが、わしは承知しようと思う。増五郎は瀬戸村から近衛騎兵に抜擢されたような男だ。日露戦争で勲章もいただいてきておる。わしは、増五郎の将来にかけたい。あの男をお前の婿に取るには、これくらいの投資は致し方ないと読んだのじゃ」

お與喜は、呆然として、言葉が出ない。しかし、頭の中はめまぐるしく動いていた。直太郎を亡くした今、自分が進むべき道は、ただ、弟や姪の世話と、半ば人生をあきらめてきた。その自分に新しい道が開けたのだ。もちろん、その道も平坦な道ではない。増五郎が四年も東京で勉強をしている間、自分は留守を守らねばならない。その甥の世話も引き受けて、待たねばならない。もしかして、増五郎が東京にいる間に気が変わって、どこかへ行ってしまったら。

えい、ままよ。お與喜はすぐに考え直す。最悪の場合ばかり考えるのはやめよう。増五郎の誠実さに賭けるべきだ。よしんば、結果がどうなろうと、自分にはこれ以上失うものはない。むしろ、増五郎の甥という、可愛がるべき子がまたも増えることを喜ぶべきだ。

「おとっさま」

「どうじゃ、お與喜。お主、昔から増五郎のことを気にかけてきたのではないかや。まんざら嫌いでもなさそうじゃったぞ」

おとっさまには、お見通しであった。自分は、昔、増五郎に初めて会って以来、心のずっと奥で、あの人に想いを寄せてきた。おとっさまは、その憧れを叶えようとしてくだされたのだ。増五郎と結ばれる機会を与えてくださったのだ。それは、色々の悲しみを体験した、お與喜に対するおとっさまの褒美であるらしい。

「どうじゃ、お與喜。この話、受けるか否か」

おとっさまの目が慈愛に満ちて、お與喜を見つめていた。

もう一度だけお與喜は迷った。心はもう決まっていたが、お與喜は祝言の前に、一度増五郎と会いたいとおとっさまに頼んだ。前の結婚で、顔も見ないで嫁いだことが気にかかってもいたし、それに、本当に自分でいいのかと、直接聞きたいと思ったのである。

二日後、お與喜と増五郎の顔合わせを兼ねて、増五郎がやってきた。門口に立った彼は、合わせの絣の着物に縞の袴といった軽装である。しかも、書生のような高下駄をはいている。短く刈った頭が若々しく、相変わらず大きな瞳が引き込まれるようであった。背の高い増五郎の後ろから、ひょいと子どもの顔がのぞいた。つい丈の木綿縞の着物から、子どもにしては長い手足がにゅっと伸びている。お與喜の弟の道も身体が大きいが、さらに一回りも大きく、いたずらそうな子であった。叔父と同じ大きな目で、店の中を眺め回している。鼻水を擦りあげたらしい筋が鼻の下から頬にかけて走っている。手足が土で汚れているのも、いかにも女手のない家の子という印象をぬぐえない。

「こら、文治。ご挨拶をせぬか。行儀が悪いぞ」

増五郎は、ハハハハと、陽気な笑い声を立てた。

「これは、甥の文治でござる。初めてお邪魔するのに、子供づれで申し訳ございませぬ。でも、これが、わしの本来の姿でござりまするからな」

おとっさまは、文治を同じ年の道に任せて、増五郎とお與喜を座敷で、二人きりで会わせることにした。

増五郎は気さくで、なかなかの話し上手であった。

「わしが、兵隊から帰ってきたら、おまつがわしの前に、新しく生まれた弟でございますと、末の弟をどんと押し出してよこしました。金太郎の腹掛けをして、おむつ姿の赤ん坊じゃったから、驚きました」

などと、自分の家族のことを面白おかしく話す。お與喜も笑い転げた。こんなに笑ったのは、何年ぶりだろうか。お與喜は愉快そうな増五郎の顔に、目に、口元に惹きつけられていた。しかし、増五郎は、義理の母のおまつのことは、終生、おまつと呼び捨てにした。また、おまつ自身も、義理の息子のことを増さまと、常に敬語を使って対したのであった。

増五郎は、近衛騎兵の時代の話もしてくれた。

「野営の演習の折には、わしの飯盒で炊いた麦飯を陛下に差し上げたものでした」

「まあ、それで」

「飯といわしの佃煮くらいのご飯じゃったが、これはうまいと召し上がられましたぞ」

彼が、静かな声音ながら、身振り手振りよろしく話し始めると、その場に居合わせたような気がしてしまう。いつの間にか、おとっさまも座敷に座り込んでしまった。道も文治までやってきて、目をらんらんと輝かせて聞いていた。

「皇族方の中には、背がとりわけ低うて、自分で馬に乗れない方もいらっせた。そういう方は、ビロード張りの踏み台をお使いになる。だから、馬で走られるときには、別当が踏み台を肩にかついでついていきますのじゃ。一生けんめいに馬を追っていく姿が、気の毒半分、面白さ半分でござりましてな」

ほうほうと、お與喜も話に引き込まれる。増五郎は近衛騎兵の任務を解かれるとき、陛下のお使いになったお煙草盆をいただいてきたという。その箱には九鬼子爵の書付や、恩賜の煙草も入っていて、近衛騎兵の旗印とともに、彼の終生の宝物であった。

「日露戦争では、わしは、あまりお役に立ちませんでした」

増五郎は、くっきりとした眉を少しゆがめて、改まった口調で言った。

「陸軍歩兵伍長として、旅順方面にも出動いたしましたが、斥候を三度務め、三度目に負傷して戻ってまいりました。その後、わしの部隊はほとんど全滅の目に合いましたが、内地に送り返されたわしは、こうして生き残っております。まことに恥ずかしい話でござりまする」

「それは、君に天命が授かっていたということでしょう。生き残る運命だったのですぞ。悔やみなさるな」

おとっさまは、増五郎を慰めた。

「それはそうと、増五郎さまのおっかさまは、お美しいお方だったそうですねえ」

お與喜は、話題を変えようとした。

「はい、大変、美しい母でございました」

突然に、増五郎の瞳が悲しそうに曇った。彼は、母親のことを語りたがらなかった。本妻でありながら、妻妾同居で暮らし、離れに閉じ込められたようにして、若くして病死した母親のことを、終生可哀想に思っていたのだ。彼が大きな目を伏せると、頰に長い睫毛の影が出来た。お與喜は狂おしいほどに増五郎のことがいとしくなった。この人と添いたい。そして、この人の願いなら、何でも叶えてあげたいと願った。

そのとき、増五郎がポツリと言った。

「お與喜さまは松太郎さんから、出された条件を聞かれましたか」

「え、はい。大体のことは……」

今まで朗らかそうに話していた増五郎の表情がにわかに曇り、口元が微かに歪んでいた。

「結婚に当たり、あのような条件を出すなんて、さぞ、あきれた、ずるいやつだと思われたでしょうな」

声が微かにかすれて小さくなった。

「え、いえ。そんなこと」

「あきれた条件なれど、わしの夢は子供のときから、学問をすることでござりました。なれど、父親は学問などは無用のものと、どの子にも高等小学校までしか出してくれませんでした。わしは代用教員をして学費を貯めておりましたが、家の事情もあり、果たせずにいたのです」

「増五郎さまはどのような学問をなさりたいのですか」

「学問の何たるかもわかりませんから、はっきりとは言えませんが、今のところは、法律です。中学、高等学校を受けていないわけですから、法律学校へ入って勉強したいと思っております。ご一新後も、わが国は列強との不平等条約を撤廃するために苦労いたしました。世界情勢を知らぬゆえの結果です。何事も深く知らねば、正しい判断はできにくい。庶民におきる揉め事も、正しい法律がわかっていれば、容易に納められるでしょう。わしは法律を学んで、世の中の無知ゆえの争いをなくしたいのです。わしの学問をしたいという夢が叶えられるなら、こんなに嬉しいことはありません」

増五郎の瞳が、また、輝きを回復したように思えた。

「ですが、こんな、他人さまの援助を期待するなど、男としては恥ずべきことだとは、よう承知いたしております。されど、もし、学問の場を与えられるなら、恩返しは後にさせていただくこととし、今は学問に励みたいのです」

増五郎のあまりにも正直な望みに、お與喜は圧倒される。

「そのためには、わしのような不器量で、出戻りの女でもご承知なさったのですか」

「そのようなこと、わしは気にかけてはおりません。お與喜どのは女子ながら、小学校でも優秀な成績と聞いております。その利発さと女らしい優しさをわしは大事にいたしたい。むしろ、わしの方こそ、甥持ちゆえに断られるかと思うておりました」

「わしは、小さい子の世話をするのが好きでござります。今は、幼い姪の世話もいたしております」

「甥持ちと、姪持ちですか。縁……で、ござりまするな。二人ともそれぞれ、おかれている立場も、よう似ている」

突然に増五郎が、いかにも明るい声で笑い出した。縁、お與喜はその言葉にはっとした。自分に起きた諸々のことが、初めから自分のために用意されていたように思えた。初めに増五郎に出会ったときに感じたこと、この人の夢を叶えることが、自分のこれからの生きる道に思えた。お與喜はもう迷わなかった。

それから少しして、お與喜と、増五郎の祝言が執り行われた。お與喜も二度目だし、増五郎の家の事情もあるから、祝言はこっそりと行われる予定であったが、それでも、双方とも親戚の多い家同士のこと、にぎやかな祝言になった。

一応は嫁入りではあるが、実際には、増五郎と甥の文治が松本屋に移り住んだのだから、婿入りのようなものであった。増五郎の義母おまつは、気張って、血のつながらない息子「増さま」のために、簞笥と上等の着物、布団などを調達した。それは、生涯、義理の息子に「おまつ」と呼ぶことを通させた彼女の意地であったろう。

当日、午前中に、婿まがいと称して、増五郎の従兄がやってきた。名古屋の医学校に進み、医師として開業している従兄である。彼は増五郎に双子のようによく似ていて、お與喜の親族の人々を驚かせた。彼を囲み、数人の従兄や復従弟たちもやってきた。彼らはほとんどが名古屋の学校に進んでいる者たちであり、嫁入りの酒席とはいえ、話題が豊富で面白かった。彼らは時代を語り、夢を語る。酒の飲みっぷりは豪快であるが、行儀よかった。

(金叔父さま、この方たちはあなたのように、夢をお持ちです)

お與喜は、増五郎や従兄弟たちの姿に叔父の金之丞の面影を見出した。金之丞も彼らもしっかりと将来を見ている若者であった。

午後から式が始まった。簡素にとは言うものの、お與喜の側からもお沙希夫妻、お比佐夫妻、おやゑと鯛治夫妻も出席したし、増五郎の家からは、父親の銀二と弟妹が出席した。義母のおまつは身分をわきまえて出席せず、その総領である三男の外川銅吉も出席しなかったが、和やかな宴となった。増五郎の甥、文治とお與喜の弟、道は同じ十歳、初めから不思議に気が合った。文治は子供のくせに山っ気のある腕白で、道とは正反対の気性であったが、かえって反対のところが良かったのだろう。以後、兄弟のように育ち、その付き合いはお互いが老人になって死ぬまで、途絶えることはなかった。

増五郎の黒紋付姿はとても凛々しかった。見ているだけで嬉しいのに、少し気が重くなる。ちん丸の花嫁姿の自分とあまりにも釣り合わないと、やはり気恥ずかしくなる。

その夜、お與喜は増五郎と結ばれた。増五郎の愛撫は細やかで優しかった。お與喜はその愛撫に身も心も委ね、初めて夫婦の安らぎと悦びを味わった。

だが、結婚式のあと、ひと月ほどで、お與喜は増五郎と離れ離れにならねばならなかった。増五郎が早々と、東京の明治法律学校の試験に合格したのである。

「すまぬな。文治をおしつけておいて、俺だけが東京へ出るとは、申し訳なく思っている」

増五郎は、頭を下げる。

「だが、俺は嬉しいのじゃ。学問をしたくてしたくてたまらなかった。その夢がお主のおとっさまのおかげで、今叶う。この恩は、終世忘れぬ」

増五郎の瞳がきらきらと輝き、少年のようである。ずっと昔、出会った頃と変わりない、熱を帯びた瞳の強さだ。

「なんの、気になさいますな。心置きなく、学問の道にはげんでいらっせ」

お與喜は、はっきりと答える。増五郎の夢が叶いますように。ただそれだけを願った。

そして、彼は出発した。明治四十一年の四月の桜は、それまで以上に美しく、切なかった。

第四章　旅立ち

その1　主のいない家

「うに、まま、たびょお。しょうしゅう、おきい（文治、ご飯食べなさい。正ちゃん、起きなさい）」

階段の下で呼んでいるのは、三歳になったばかりの操である。回らぬ舌で、毎朝、若い叔父の正《しょう》や道《わたる》、それに増五郎の甥の文治を起こすのが、彼女の仕事であった。お與喜は、みんなのお膳にご飯を盛りながら、操の片言を聞いている。その幼女らしいかわいい声を聞いていると、自然と心が和んでくる。妹お亜以がお産で死んだときに、手伝いに行ったお與喜は、そのまま操を預かってきた。彼女が丙午の生まれなので、父親方の雑賀の祖父母が、縁起が悪いから里子に出すといっていたのを聞きとがめ、せめて小さいうちだけでも、松本屋で育てるように取り決めたのだった。

台所横の板の間に、箱膳がずらりと並ぶ中、一番の上座にはお膳がない。お與喜は、そのぽっかりと開いた場所を見ないようにして、みんなのお茶碗にご飯を盛る。そこは、おとっさまの場所であった。おとっさまは思いがけなくも、今年、明治四十二年の正月五日に亡くなったのだった。このところ、一年おきに家族の死を見続けてきたお與喜にとっても、おとっさまの死は思いがけなかった。おとっさまは元々体が弱かった。それでも、家族の者たちはみんな、おとっさまが永久に生き続けられるような気がしていた。物静かな人なのに、それだけの威厳があったのだ。そんなおとっさまが風邪で五日ほど寝込んだだけで、あっけなく世を去った。夫の増五郎が東京へ出発してから、丸二年経った正月のことだった。

葬儀に立ち戻った増五郎は、さすがにいつもの明るい表情を曇らせていた。

「学士号を取るには、どう早く見てもまだ一年余はかかるのですが」

姉のお沙希の夫、松太郎と、深刻な顔つきで相談している増五郎を見て、お與喜は即座に言った。

「旦那さま、松本屋の商売は今までと同じように、わしが守りますから、ご安心して学問を修めてきてくださりませ」

気丈にもそう言い切って、増五郎を東京へ返したものの、おとっさまのいない松本屋はがらんどうに思える。役所や、窯業組合、学校などの公の機関の事務用品を一手に取り扱っているから、商売上は安定して滞りない。おまけに日露戦争以来、庶民の学問熱も上昇し、小売の事務用品も結構売れるようになった。米の商いを止めて、文具一本にしてからは、少々規模は小さくなったとはいうものの、さして難しい取引はなくなっている。商品の価格も安定し、お與喜一人で取り仕切れないわけではない。だが、常に傍らにいて、優しくも厳しい姿勢で自分を導いてくれたおとっさまの存在がないというのは、本当に心細かった。

「操ちゃん、もうええわ。こちらへきて、お前もまんまをお食べなさい。正ちゃんは大人だから、今日はゆっくりなんだわ」

「つまんない。みいちゃはしょうしゅう、好きい」

操は仏頂面をして、やってきた。だが、食いしん坊だから、お膳を見るとにこにこ顔になる。一人前に自分のお膳につき、箸をむんずとつかんで食べ始める。ぼろぼろとご飯がこぼれた。操がこぼしたご飯をすばやく拾い上げ、片付けてやるのは末弟の道である。小さい姪の食事も手伝いながら、彼は黙々とご飯を食べる。道が、二杯めを食べ終わる頃、やっと、文治と正が二階から降りてきた。

文治は、増五郎の兄の忘れ形見で、増五郎の連れ子のような存在である。操のような幼子なら感じないだろうが、道と同い年の文治が肩身の狭い思いをしないかと、初めの頃、お與喜は気を使った。だが、それは杞憂だった。というのも、文治は腕白で野放図で、どこにいても心のままに振舞える質らしく、初めから態度が伸び伸びとしていた。両親を亡くしたことなど素振りにも見せず、ぐりぐりと光る大きな目で、いつもいたずらする対象を探している。彼がやってきてから、ふすまや障子がよく破れた。近所では、あっという間にガキ大将にのし上がったという話を聞いている。温和しかった正や道には思いもよらぬことであった。

文治が松本屋に来て、叔父の増五郎がいないにもかかわらず、のびのびと振舞えるのは、道に負うところが大きかった。道は優しい気性なので、何事にも文治を立ててやっている。筆記用具、学用品などの学校に関する道具など、細々と面倒をみている。人に譲ったり、世話したりするのが苦にならない質で、そういうところは姉のお與喜にとてもよく似ている。人を喜ばせると、自分が嬉しいのだった。おまけに、おとっさま譲りの茶目っ気を持ち合わせているので、文治が近所の子と喧嘩をしても、冗談を言って、うまく双方をなだめてしまう。文治とのやり取りも、掛け合い漫才のようで面白い。お與喜はそれが嬉しかった。直太郎が死んでからの心の傷を埋めてくれるのは、実際、母親代わりになって面倒を見ているこの三人であった。

「おい、道ちゃ。早くせんか。学校に遅れるぞ」

いちばん遅くご膳に着いたくせに、三杯飯に味噌汁をぶっ掛け、流し込むように食べ終わると、文治が素早く立ち上がる。

「お前、まんだ（まだ）飯食っているのか」

「ちょっと、待ってよ。早飯食いだなあ」

のんびりと、道が立ち上がる。

「姉さま、行ってまいりまする」

道は、ぺこんとお與喜に頭を下げる。

「行ってらっしゃい」

お與喜は玄関先まで見送りに行く。道や文治のような子供が学校へ行くときも、玄関先まで見送る。決してほったらかしにはしない。これは、お與喜の心意気だ。見送られることに慣れていない文治は、初めは戸惑っていた。「行ってきます」とは、今でもまだ言わない。そのくせ、行く前に、ぎゅっとお與喜の手を握ってから、出かけていく。それは明るく振舞っているものの、両親に早く死に別れた文治が、たった一つ見せる甘えた態度であった。お與喜は、文治の手をぎゅっと握り返す。すると、文治は、照れた笑いを浮かべながら、

「さあ、文治さまのお出かけじゃぞ」

などと、威張って出かけていくのだった。

みんながいなくなってから、正が切り出した。

「姉さま、父上の三七日も終わりましたし、今日はひとまず寮に帰らせていただきます」

商業学校を卒業した正は、名古屋の専売局に勤め口を得た。初めは瀬戸電気鉄道で専売局まで通っていたが、早番や遅番に対応できるように、寮に引っ越していた。おとっさまが亡くなってから、しばらく実家に泊まっていたが、今日は寮に戻るつもりらしい。着替えを詰め込んで、ぱんぱんに膨らんだ柳行李を二階から降ろしてきた。

「姉さま、本当にお一人で大丈夫ですかん。面倒見る頭数が多すぎますなあ」

まだ二十歳にもならない弟の、分別くさい言葉にお與喜はぷっと吹き出しながらも、頼もしく思う。

「大丈夫よ。じいやも男衆も、ねえやもいてくれるし、何とかなりまする。もっとも、正ちゃんがこの商売に就きたいなら、いつでも、松本屋を明け渡しますわん」

「いや、わしは、専売局のほうが合うとります。勤め人は、気楽でよろしいわ」

正は、四十九日には帰ってくると言い残した。お與喜は、尾張瀬戸駅まで見送る。このころ、

瀬戸電気鉄道は全線電化して、大曽根まで通っていた。駅は家から三分ほどのところにある。瀬戸川沿いの道を通って、正と一緒に歩いていくと、道路が凍って、下駄がからからと寒そうな音を立てた。川を渡る風が冷たく身体を刺す。笑顔で見送ったものの、穏やかで沈着な正までがいなくなると、さすがにお與喜は寂しくなった。おとっさまは亡くなり、夫の増五郎は東京である。後は、雇い人と小さな子供ばかり。寂しさが胸に込み上げ、不覚にも目尻が濡れてきた。

「そうだ、お宮さんにお参りでもしよう」

お與喜は、真っ直ぐに家に帰らず、瀬戸川沿いを深川神社まで出かけることにした。

深川神社へ行く角は、一人息子の直太郎が馬車に跳ねられたところだ。そこへ行くと、お與喜の足はぶるぶると震える。悲しさと恐れで、足が一歩も動かなくなる。しばらく立ちすくんだまま、般若心経をぶつぶつと唱えていると、気分が落ち着いて、足元が少し楽になった。足を道から引き離すようにして、左手の小道の方に回りこむ。角から二軒目には、三女お比佐の薬局があった。

「あれ、よう姉さま、こんな朝早くから、どうしやあたかん」

店先を掃き清めていたお比佐が姉の姿を見て、近づいてきた。二人は今でも、子どもの頃の呼び方、よう姉さまとひいちゃんで呼び合っている。

「あら、ひいちゃん。御精が出るのう。今、正ちゃんを駅まで送ってきたところじゃわ」

「ほうかん」

お比佐の返事はあっさりとしたものである。

「お宮さんにみんなの無事をお参りしようかと思って、少し遠回りをしたの。まだ、喪が明けないから、お参りしちゃいかんかしら」

お與喜が言うのに、

「ほんなもん、気にせんでええやら。お宮さんもお客が多い方がお好きじゃろ」

いつもながら、割り切ったお比佐の答えである。だが、落ち込んだときは、いっそ、お比佐のような割り切った性格の子といると、かえって気楽になる。

「ひいちゃん、たまには、姉妹で連れ立ってお参りしないかん」

誘うと、お比佐は珍しくついてきた。もっとも、

「昨日、お参りしたばっかりやもの、お賽銭がもったいない。今日はお賽銭省略するかな」

と、ぶつくさ言っているのが、いかにも彼女らしい。店の戸を少し閉めただけで、中に声をかけている。

「あらら、杉原さんは、お店にいらっしゃるのかん。それは悪かったなあ」

「まだ、寝てござるわ。朝帰りじゃもの」

お比佐は、少し悲しそうな声で言って、襟首に薄手の肩掛けを巻きつけた。この妹にも夫の夜遊びの苦労が始まっていると思うと、少し悲しい。

「留守にして、お店は大丈夫かん」

「ねえやがおるから、大丈夫。もっとも、今度のねえやは少し手癖が悪いでねえ。後で、勘定をきっちり合わせせんといかんわ」

「ひいちゃん。お前は少し疑り深いのじゃないかん。奉公人はまず信用してあげんといかん。誰でも、信頼されれば、まずは、裏切らないものよ」

「でも、あの子がきてから、小銭がちょいちょい足らんことがあるわん。絶対、怪しい」

「お前の思い違いかもしれんでしょう。人を疑う前にまず自分を疑ってみんといかんよ」

お與喜は、お比佐の気性が心配である。松本屋の子供たちのうち、お亜以とお比佐だけが気性が異なっていた。我儘でお姫さまみたいだったお亜以は、操を残して亡くなった。おっかさまに贔屓にされたお亜以と大事な跡取りの正に挟まれて育ったお比佐は、どこかひねくれていて、ものの見方も穿っている。この冗談のきかない二人を除けば、長女のお沙希はじめ、後は、似たり寄ったりの陽気なお人好しであった。

「わし、昔からよう姉さまだけは好きやったわあ」

お比佐は、お與喜の袂の端を子供のときのようにしっかりと握り、付いてきた。

「ほうかん。わしはそれほどでもないがね」

「あれ、姉さまの意地悪」

「ふふふ、冗談じゃや。ごめん、ごめん」

実のところ、お與喜はどうもこの妹だけは苦手である。しかし、自分までが嫌っては、お比佐が可哀想である。だから、付かず離れずで、この妹も見守っていきたいと思っている。こういう自分の態度は傲慢だろうか。お與喜は、少し後ろめたい気持ちになって、化粧っ気のない妹の顔を眺めた。

「ひいちゃん、少しは化粧でもしたらどうかね。お前は色が白いから白粉は要らないとしても、紅くらい差したほうがええじゃないかん。杉原屋では、お化粧品も扱うというじゃないか。お前がきれいになれば、杉原さんもお喜びじゃないかね」

「ひひひっ」と、お比佐がいつもの引き声で笑う。

「わしが白粉をつけたら、売り物じゃからもったいないと、言わしたわ」

お比佐の亭主の杉原は、やり手の商売人で、遊ぶ女からも代金を徴収するという噂である。似たもの夫婦とはよくいったもので、二人の金銭感覚はとてもしっかりしていて、結婚してわずか三年の間に、店の売り上げを十倍にもしたのだ。だが、二人の間には、まだ子供がいない。

「とにかく、お宮さんにお参りして、お互いにご亭主の無事と、お子が授かることもお祈りしましょう」

「ふーん、二つもお願いするなら、お賽銭も倍にせんといかんね」

「まあ。ひいちゃんはちゃっかりしているのか、義理堅いのか、ようわからんね」

二人は連れ立って、お宮の中に入っていく。下駄の歯の下で、玉砂利がぐりぐりっと音を立てた。

深川神社は奈良時代に建立されたといわれる古い神社である。境内には陶彦神社も祭られている。陶彦神社はいわゆる陶器の神さまで、陶祖といわれる加藤四郎左衛門影正が祭られている。こちらは文政七年に創建されていた。長姉のお沙希の嫁ぎ先は、その一統なので、松本屋ともゆかりのある神社である。

一心に夫、増五郎や弟たちの無事を祈ったので、お與喜の気分はすっきりした。お比佐と別れて、家にもどると、奥から男衆が飛び出てきた。

「よかった。どこへ行っておらしたのかな。捜いておったところですがや。大変、大変」

と、手を振る。

「えっ、何か起こりましたのか」

「大変、大変」の声には、いやな思い出がある。大事な家族がいなくなる前、みんなはお與喜に「大変、大変」と言って、呼びに来るのだ。それにしては、男衆の顔は笑っているようだしとも思いながら、奥へ入っていくと、板の間で、増五郎が、てんこ盛りのご飯をかっ込んでいた。

「ま、旦那さま。急にお帰りやあしたのですか」

お與喜は、ほっとして力が抜け、ぺたんと増五郎の傍らにへたり込んだ。それにしても、増五郎が東京へ帰ったのは、つい五日ほど前であったのだがと、疑問が頭を過ぎった。

「うまいなあ。この家の飯は」

増五郎は笑いながら、食べ続ける。

「だが、麦はもう少し多い割合で入れたほうがよいぞよ。麦が多いと食感は落ちるが、かっけにかかりにくくなるそうだ」

「はい、明日からは、一合余分に入れまする。それにしても、どうしてお戻りになられたのですか」

「退学してきたのよ。今日からは、ここで暮らすぞ」

増五郎はけろりと言った。

驚いたお與喜が増五郎を問いただしたところ、彼の説明はこうだった。

「自分は本来、この家のおとっさまに学資の援助をお願いして、甥の文治までも面倒見させながら、東京で勉強してきた。だが、おとっさまが亡くなった以上、自分ひとりだけのんびりと、学業を続けることはできないんだ」

「でも、あと一年半ほどで、学士さまになられるのではないですか。それくらいなら、辛抱できます。ぜひ、続けてくださりませ」

お與喜が説得しても、増五郎の決意は固かった。

「自分の夢は学士になることではなく、東京の法律学校で学ぶことだった。お與喜のおかげで、長年の夢が叶った。このことは本当に感謝しておるぞ」

増五郎は、大きな瞳を少々潤ませて言った。

「しかし、おとっさまは亡くなり、事情が変わった。学生生活を享受する時期は過ぎたのだよ。これからは、自分がお與喜の亭主として恩返しする番である。とまで言えば、いかにも俺がきれい事を言っているように聞こえるかもしれん。だが、これは本心じゃ」

「はあ」

「俺は思ったのだ。今は、この家のために力を尽くす時期なのだとな。不思議に、学校を中退するのが残念でもなかった」

増五郎はさわやかに言い切る。

「だが、どうも自分は商売には向かない気がする。お客さんと応対することなど勘弁してもらいたい。ちょうど、都合のいいことに、松太郎義兄さん（長女お沙希の夫）から、町役場で一緒に仕事をしないかと誘われた。発展しつつある瀬戸町のために働くことなら、自分でもできると思った。商売の手伝いにはならなくても、俺がこの家にいるなら、お與喜も心丈夫じゃあないかい」

まさに、その通りであった。

「でも、せっかくの学士さまになられる機会が……」

なおも、残念がるお與喜に増五郎が、付け加えた。

「なに、学士号など何ほどのことか。これから先も、機会に恵まれれば、学業に復帰して取りゃあいいのさ」

この時代、大学卒も専門学校卒も珍しく、中退というだけでも箔がついた。増五郎は、明治法律学校中退というだけで、瀬戸村役場で珍重された。おまけに、瀬戸村始まって以来の近衛騎兵でもあったのだから、役場での居心地はよかったに違いない。この後、十年ほど彼の役人としての生活が続いた。ちなみに、彼が大学に入り直して、法学士の学位を取ったのは、ずっと先、五十歳を半ば過ぎてからであった。

その2　愛しい夫

「旦那さま、時刻でございます」

お與喜は、毎朝増五郎の枕元に正座して、手をついて、夫を起こす。もちろん、傍らの乱れ箱には、朝起きると、彼が着るべき服装が一式揃えられている。

「ん」

増五郎は、初め、お與喜のやり方に戸惑っているようだった。兵舎で共同生活をしたり、東京で下宿生活をしたりしていたから、身支度を自分で整える癖がついていた。

増五郎は黙って、お與喜の差し出す着物に袖を通す。そして、この寒い季節なのに、下着が柔らかく暖かいのに気づく。お與喜は、傍らの火鉢でいつも下着を温めておくのだった。

「すまぬな」

と、増五郎はひと言だけ言う。そのたったひと言が、お與喜には嬉しい。前の夫、金次郎にもお與喜は同じようにしてきたが、一度だって礼を言われたことがない。金次郎にはお與喜の優しさがまるで伝わらなかった。増五郎は優しくすれば、すぐに感じ、必ず喜ぶ。口で言わなくても、いかにも嬉しそうな顔をする。そこがお與喜にはたまらなく愛しいのだった。

「お支度できましたらば、お顔をお洗いになりますか。お湯も用意してございますが、ここにお持ちしましょうか」

「そこまでせんでもいいぞ。井戸端へ行く。冷たい水で洗った方が気持ちがしゃんとする。歯磨き用に、塩と番茶をもらえるかな」

「はい」

お與喜はいそいそと走っていった。

増五郎は、井戸端に出る。お與喜は、半切りの手水鉢にたっぷりの水を用意する。お與喜が新しく用意した半切りから、桧の香りがぷんと漂う。やはり真新しい晒しの手ぬぐいを堅く絞り、増五郎は顔から、身体から拭く。

「うん、気分がしゃっきりした」

彼は人差し指に塩をつけて、歯の表面をごしごし擦る。塩辛い味がぎーんと脳天にまでしみた。番茶を口に含んでぶくぶくし、ついでにがらがらとうがいまですると、口の中までが爽やかになる。洗い終わった水を、増五郎は中庭にある柿木にかけた。

「あら、旦那さま、水を大切になさいますね」

「うん、俺の家には、良い水の出る井戸がなかったからなあ。ここの井戸の水はきれいでいいなあ」

「はい、水には恵まれておりまする」

松本屋には豊富な水の出る井戸があった。それで、お與喜たちは、井戸端で、たっぷりと水を使うことができた。当時としては、随分贅沢な水の使い方である。増五郎は、ほっとため息を漏らした。松本屋と通り一筋離れただけであったが、鳥銀には良い井戸がなかった。敷地のあちこちを井戸屋に掘らせてみたが、どれだけ掘っても良い水が当たらなかった。客商売で、水が少なくては困る。増五郎たちは、子供の頃からおとっつあんに、水を使い回せ、粗末にするなと、きつく注意されて育った。だから、松本屋に入り婿のような形で入ってから、この家の者たちの贅沢な水の使い方を見る度に、ひやりとする。鳥銀では、まずは食用の水、食べ物を洗う水、茶碗や泥のついた野菜を洗う水、順繰りに降ろしていき、どろどろに濁った最後の水までも庭木にかけた。もちろん、風呂の水も、洗濯や掃除に余すところなく、利用する習慣を身につけているのであった。

お與喜は増五郎の手水を用意するとき、半切りに映った自分の顔を覗きながらそっと、思う。

増五郎は、自分のことが気に入っているのだろうか。波紋でゆがんでいるのを差っ引いたとしても自分は確かに器量が悪い。何よりも小太りで姿かたちも悪い。すらりと上背があり、目鼻立ちのはっきりした増五郎と一緒に並ぶと、少し気恥ずかしい。たまたま街中をふたりで並んで歩いているときや、増五郎の知り合いに会って紹介されたときなど、ふたりの似合わなさに、露骨に相手が驚くのがわかってしまう。そんなとき、増五郎はまるで何も気がつかないように、屈託のない素振りをしている。お與喜はそんな自分に引け目があるだけ、いっそう増五郎に尽くしてしまうのだった。

増五郎は、役所の仕事を精力的にこなしていた。土木、治水などの事業にも手を染めた。気風がいいので、部下からは大変に慕われ、「大将、大将」と呼ばれ、みんなが遊びに来た。お與喜は、お釜で何升もご飯を炊き、得意の煮物を作って、やってくる者みんなに振舞った。増五郎が特に大好物だったのは、五目御飯で、味の染みこんだにんじんが大好きであった。

「にんじんがいっぱいだといいな」

増五郎が子供のような口調で、お與喜に言う。

「はい、わかっておりますよ」

しいたけとかしわ、たけのことこんにゃくを入れ、いつもの二倍ほどのにんじんを入れて煮込み、少々濃い目に味付けしておく。残りの煮汁を入れて炊き上げたご飯に混ぜ合わせて蒸らすと、増五郎は大いに喜び、

「お與喜の作る飯はうまいぞよ」

と、みんなに自慢した。みんなが集まるたびに、にんじんのご飯が振舞われた。正月には店の土間に四斗樽の酒をどっかりと置き、尋ねてくる人々に振舞ったから、三日で樽が空っぽになった。

このように増五郎は親分肌で下からは慕われたが、上役とは時々衝突した。特に、工事などに手心を加えるような事態が起きるとき、また、発注における談合などは、増五郎の最も嫌うところであり、彼はそのたびに上役らとやりあった。汚い儲け話は極端に嫌い、掴み合いをせんばかりで、

「あそこまで堅くてはね」

などと、陰口をたたかれるのであった。

瀬戸町の治水工事は非常に遅れていた。町の中心を流れる瀬戸川ですら、大雨のときには度々氾濫した。床上浸水といかないまでも、玄関先まで水がやってきたりした。瀬戸川の両岸には瀬戸物を運ぶ馬車道が出来上がっており、そこが水がつかると、運搬に支障をきたす。馬車道の整備にも大規模な工事が必要になってきた。

愛知県の山林は、尾張藩の林方が厳しく取り締まっていた時代は、鬱蒼とした林であったが、維新後、山の木は採り放題の状態になり、特に、瀬戸近辺は禿山が増えていた。このことを憂う理学博士、涌水鉄五郎は、明治四十三年、瀬戸地方における山林荒廃の状況を大日本山林会における講演中に指摘している。これ以前にも、国や県より工事費を出して河川森林の整備は

行われてはいたが、日露戦争などで、諸経費が節減され、工事は順延となり、洪水や山林の崩落が起きていたのであった。

ここに注目した新愛知新聞は、明治三十七年から大正にかけて、瀬戸地方の砂防工事の遅れを指摘する記事を、度々掲載している。この掲載に当たって、増五郎は、陰ながら協力したものと思われる。

彼は瀬戸の山が禿山になっていくのを懸念して、たびたび町役場に報告書を提出していた。だが、一役人の報告書は問題にされず、増五郎の調査書は机の上に溜まるばかりであった。

その３　鷹揚な妻

「はい、ごめんやあす」

帳場に座っているお與喜の前に、仏壇屋のおよねおばさんが現れた。

「あら、おばさん、いらっしゃい。しばらくお見かけしませんでしたのう」

「本当に八十日目《やっとかめ》だわ。春に出かけたのに、初夏になってまったわ」

聞けば、おばさんは岐阜県の明智《あけち》に嫁いだ娘のお産の手伝いに行ってきたのだという。

「まあ、それはご苦労様なことでしたなあ」

「ほんとじゃわ。この歳になって、まんだお産の手伝いとはだちゃかん。総領娘のときは、ほとんど二十年前だったやらあ。あのときゃ、俺も四十そこそこやったで、力も元気も続いたが、六十の声聞くようになった今では、お産の手伝いはきつかったがん、何をするにも身体が動かん。えらい歳になったもんだわ」

「ま、おばさん、でも、元気でお帰りやあして、何よりですわ」

「ほうじゃ、ほうじゃ。それに孫が何より元気な子で安堵したがん」

「それは、おめでとうござりました」

「ほうじゃ、家には元気な赤子がおらんとあかん」

お與喜は、およねが何を言い出すのかわかる気がした。

結婚して五年、お與喜と増五郎の間にはまだ子供がなかった。

「それよりも、ようさま。おまさんら、子供をつくるのを遠慮しとるんじゃあるまいのう」

案の定、およねは、ずばりと切り出した。

「道ちゃんや、文治ちゃんにも手がかからんようになっとるやらあ。操ちゃも、伊賀に返したことやし、まあそろそろ、おまさんらのお子を産んでもええんじゃないかね」

「はあ、もちろん、わざと作らないわけでは……ござりません。なかなか授かりませんもんで」

姪の操は、五歳になったとき、伊賀の実家に戻ることになった。父親の雑賀が後妻をもらい、操を引き取りに来たのだ。お與喜は、操と別れるのがつらかったが、やはり両親が揃ったところで育つのがいいと、操を手放した。操は泣きもせず、父親と新しく来た母親に手を引かれて、けろりとした様子で帰っていった。それでも、電車に乗って帰るときには、お與喜に向かって、何度も何度も手を振っていたのが目に焼きついている。極楽トンボの操らしい別れだった。

増五郎との間の子は喉から手が出るほどに、欲しいと思っている。しかし、なぜか授からない。何度神社に足を運んでもだめだった。同じく、子どもの授からない妹お比佐と一緒に、あちこちの子授け観音にも出向いてみた。必死で願っているのに、ふたりとも、まだ子どもは授かっていない。明治時代もすでに、四十五年。お與喜は三十二歳になっていた。

「増五郎さ、あちこちで遊び歩いておられるんと違うかん。夫婦生活はあるかや。兄さまの筋を引くと、道楽者じゃがなあ」

確かに、増五郎は、瀬戸の町で贅沢に飲み歩いている。生活費は店の売り上げで十分まかなえるから、彼が役所でもらえる給料を当てにしないで暮らしていける。増五郎は給料すべてを小遣いにすることが出来た。料亭の酒代やら、遊興費にも困らなかった。

増五郎は、ほとんど毎日、芸者を連れ歩いているらしい。上背があり、見た目が良い上に、お金の使いっぷりも良いから、とてももてた。おまけに部下や下請けなどの、自分よりも下のものに奢るのが好きである。増五郎は男にも女にも好かれた。ただし、増五郎は芸者とか岡場所など、商売の女性と懇ろになることはなかった。ただ、飲み食いに連れ歩いて、奢るだけである。

「ようさま。言いにくいことだがのう」

およねおばさんの顔つきが、急に引き締まった。

「今度ばかりは、遊びと違うのではないかの。噂に聞くと、増五郎さは、赤津口のうなぎ料理屋のごっさまと懇ろだと、旦那衆が言っとらしたわな」

「えっ」

お與喜は絶句する。

たしかに、増五郎には素人好きという噂があった。どこぞの料理屋のおかみさんとか、どこぞの旧家のごっさまなどに言い寄られ、ずるずると付き合っているという話を耳にしたこともあった。お與喜にとっては、心配の種が尽きないことであったが、誰からも苦情が持ち込まれることもなく、毎日が過ぎた。ずっと、後になって、甥の文治が、よく言ったものであった。

「瀬戸の町を歩いていると、叔父御に似た男がぞろぞろ歩いてござったが、あれは、みんな叔父御の種の子にきまっとる」

それほどに、増五郎は、素人の女性にもてたのであった。

「ようさま、おまさん、増五郎さにほっとかれているのと違うかね。それで、お子が出来んと違うかね」

およねが、心配半分、興味半分で訊く。

「あら、おばさん、いやだ。道楽は男の甲斐性でござりますよ」

お與喜はおっとりと笑って見せる。確かに、この時代、男の道楽に女は黙って耐え忍ぶのが常だった。だが、妹のお亜以は、それが原因かどうかはっきりはしないものの、寂しく死んだのは事実である。美人で有名な嫁をもらった、おやゑ叔母の長男でさえ、よそに妾をこしらえたという話である。お比佐の亭主も岐阜県境の湯治場に妾を囲い、ついでに旅館を経営させているという噂であった。男は自由勝手なことが出来るが、その犠牲になる女は精神的に辛い時代であった。

およねの前では、鷹揚に構えたものの、およねの姿が見えなくなると、お與喜の身体はがたがたと震えだした。両手をしぼるように握り合わせても、止まらない。身体がかっかと火照りだすと同時に、強烈な怒りが込み上げてきた。増五郎にではない。見たこともないおかみさんに対してである。そして、思わず口をついて出たのは、

「刺し殺してやる」

のひと言である。お與喜は自分でも驚くような速さで、奥の寝室に走りこんだ。桐の箪笥の引き出しを開け、お気に入りの泥大島を取り出すとすぐ、着替え始めた。黒地の織の名古屋帯をきりりと締める。赤津口のうなぎ屋へ乗り込むつもりであった。本来、お與喜は誇り高き女性である。士族の娘としての誇りもある。松本屋の娘は嫉妬に狂ったりはしないもの、はしたない行動を起こしてはいけないと教えられてきた。実際、前の夫、金次郎に対しては嫉妬すら湧かなかった。彼が女遊びをしていると聞いても、怒りさえ覚えなかった。ただ、自分が見捨

てられているという悲しみだけはあったのだが。しかし、今、増五郎に対して持つのは、狂おしいほどの愛情である。増五郎の相手の女性に対する、激しい憎悪の感情が湧きあがってきて、お與喜は桐の箪笥の隠し引き出しから、懐剣を取り出した。それを縮緬の袱紗でくるりと巻き付けるように包み、帯の間にはさんで店を出た。

下駄の音をカツカツと響かせて、お與喜は通りを急いだ。無我夢中で、誰かとすれ違ったのに、気がつきもしなかった。北の方の竈神神社の森で、からすが鳴き騒いで旋廻している。いつも以上に騒がしい鳴き方なのに、お與喜の耳には入らない。

急いでいたお與喜の足がぴたりと止まった。

「あ、ここは、直ちゃんの」

そこは、かつて、可愛い息子の直太郎が馬車に撥ねられた、まさにその場所であった。いつも、この地点に来ると、お與喜の足はぴたりと動かなくなる。今日も、その場所が、怒りに我を忘れて小走りでやってきたお與喜の足を止めさせたのであった。

お與喜は、はっと我に返った。今、自分は何をしているのだろう。どこへ行く気だったのか。増五郎の相手と思しき女性に一太刀浴びせようというつもりなのか。お與喜は、帯に挟んだ懐剣を両手で押さえて、金縛りにあったように、しばし立ち尽くした。

突然に、爽やかな風が吹き、懐かしい花の香りが流れてきた。通り沿いの家の垣根に巻きついた蔓から、小さな花簪のような花がいくつも垂れ下がって、あでやかに香っている。可憐な薄紫の香りであった。ここへ来る間でも香っていただろうに、気がつかなかった。お與喜はため息と共に、深くその香りを吸い込んだ。薄紫の香りは、彼女の胸を満たし、首筋から肩にかけての緊張がほぐれた。

「わしは、なんと、はしたないことをしようとしたのかねえ。直ちゃん、止めてくれたのかん」

お與喜の瞳から、涙がぽろぽろとあふれ出た。お與喜はすごすごと、引き返す。本来、およねの話の真偽も確かめもせず、突然の行動に走った自分を恥じてもいた。

「おうい、おうい」

突然、正面から増五郎が現れた。増五郎は自転車に乗っている。片手を大きく振って、こちらへ合図を送っている。片手乗りだから、安定せず、自転車が突然に傾いて、増五郎の大きな身体は道路に放り出された。

「いたたた」

「まあ、旦那さま、大丈夫ですか」

お與喜は思わず駆け寄った。増五郎は、道路に座ったまま、足首を動かしている。長い足が無様にばたばたし、お與喜は思わずくすりと笑ってしまった。

「さきほど、すれ違ったのに、振り向きもせずに行くから、驚いたよ。それで、追いかけてきたんだ。怖い顔をして、どうした」

「それよりも、お怪我は」

「うん、今度は骨も折れておらぬようじゃ」

この時代、自転車は高級品であった。自転車の歴史は意外に早く、日本への初渡来は慶応年間であると言われている。ちなみに、名古屋で初めて自転車に乗った女性は、名古屋柳城大学の創始者ミス・ヤングらしい。軽井沢碓氷峠で、彼女が自転車の側にたたずむ写真が残されている。明治三十年代になると、オペラ歌手三浦環が自宅から上野の音楽学校まで毎日通学して、話題になっている。このころは、主に時計店で修理を引き受けていた。高級精密機械の扱いである。販売店ができて普及したのは明治四十年になってからであり、まだまだ高級なものであった。増五郎は新しい物には必ず挑戦する男で、早速自転車を買い求めたが、なかなか上達せず、派手に転んで親指の付け根を骨折したこともあった。

増五郎は、ズボンの裾についた土を払いながら立ち上がった。

「どうじゃ、なかなかいい自転車だろう。新型じゃ。以前のと比べると、格段に乗りやすい。役所でも五台、買うことにしたというから、昼休みにおぬしに見せようと借りてきたのよ。我が家でも配達用に一台買ったらどうかな」

増五郎の屈託のなさそうな顔を見ると、お與喜の胸の中の激情もひとまず溶けたのであった。

その後も、増五郎の行くところ、女性の噂は耐えなかった。だが、一人の女性を取り立てて、囲うというような決定的な状況はなく、お與喜は、士族の娘らしく、夫の浮気などに行動は起こさないことにした。しかし、内心は穏やかではいられず、このころからずっと五十歳過ぎまで、時として動悸が激しくなったり、心臓が止まりそうな気がしたり、息が苦しくなったりした。このため、心臓のどこかに欠陥があり、五十歳までは生きられぬだろうと言われていたが、結局、百一歳まで生き延びたのだから、これはどうも、心臓神経症ではなかったかと思われる。表面上は鷹揚な妻を装いながら、内心の嫉妬と戦わなければならない女性特有の悩みから、お與喜もぬけられなかったのである。

明治四十五年七月三十日、天皇陛下がお隠れになり、増五郎は大いに気落ちした。近衛騎兵に徴用されたとき、演習の際、麦飯を飯盒で炊いて差し上げたのを食べてくださったと、何度も繰り返し話したりした。その後、乃木将軍夫妻の殉死が報じられた。増五郎は、

「これぞ、忠義ぞ」

と、膝を叩いて、その死を悼んだ。お與喜は女だから、主君に殉じる気持ちが、はっきりとはわからない。日露戦争での乃木将軍の責任を追及する声も上がってはいたから、将軍はその責任を取られたのであろうか。お與喜に想像がつくのは、日露戦争で息子を二人とも戦死させ、老夫婦が二人だけ取り残されたという寂しい境遇である。ご夫妻が死ぬ機会を待っていたと思うのは、あまりにも穿った庶民の感覚であろうか。子供の授からない、自分の老後は寂しいものだろうかと、このところ考えることがある。増五郎に申し訳ないなとも思うのであった。

妹たちに比べると、まったく品行方正な夫を持って幸せだった長姉のお沙希にも、また別の不幸が訪れた。大正に入ってまもなく、律儀者の夫、松太郎が若くして亡くなったのだ。瀬戸

で風邪が流行して、それが元の肺炎だった。お沙希は三人の子を抱えて、未亡人となった。ひと月も経たないうちに、松太郎の父親も亡くなったので、お沙希の悲しみは強かった。松太郎が再び継ごうとした窯は弟に受け継がれ、資産のある旧家だから、経済的な心配はないものの、精神的には不安定な暮らしであった。

その４　弟の縁談

歳をとっても、相変わらず元気よく、あちこちで喋り捲っている仏壇屋のおよねが、またもやってきた。

「おばさん、今日は何のお話でござりまするか」

少々警戒しているお與喜の気配を察して、およねが言う。

「いやだね、今日は正ちゃんに縁談を持ってきたんだわなも」

「まあ、それはありがたいことですが、まだ早くはありませぬか」

「何の早いことなんかあらすか。正ちゃんみたあな律義者は早い方がええぞん。素性のわからぬ娘にしがみつかれても、逃げる術を知っとりゃあせんでな。きちんとした親御の娘をきめといたほうがよいぞん」

およねの持ってきた縁談の相手は、末の娘が嫁いでいる家の本家だとのこと。

「明智の煙草屋の看板娘でな。なかなかの別嬪さんやげなよ」

「まあ、それは、正も喜びましょう」

「けどが、少し問題がある」

「何でござりまするか」

「少々髪の毛が薄いんじゃと。桃割れの髷がえろう小さいげな」

「はあ、そんなこと」

お與喜は、自分の見事な丸髷に手をやった。

「でも、髪の毛の量はたっぷりで、器量の悪いわしらよりは、ましかもしれませんねえ」

「まあ、お與喜ちゃんたら、そこまで言わんでも。そうじゃ、正ちゃんが明智までひとっ走り行って、見てこられたらどうじゃ」

およねの意見に賛成したお與喜は、しぶる正を口説いて、花嫁の下見に行かせた。だが、帰ってきた正は浮かぬ顔で、

「若い娘なぞ、四時間待っていても、出てこられませんでしたわ。店先に座っているのは、頭の禿げたばあさまばかりで」

と、報告する。道路の木の陰に隠れ、四時間も立ちっぱなしでいたとは、いかにも真面目な正らしいと、姉たちは気の毒がった。結局、正は顔も見ないまま、縁談を受けた。この嫁は確

かに少々猫っ毛だったが、小奇麗な顔立ちで姿が良かった。おまけに、何よりも気風がよかった。彼女はよき義妹になったのであった。

道は商業学校を卒業して、本家の商売を手伝うことになった。義足や義肢、車椅子などを作る仕事である。まだ新しい分野で、やりがいがあるらしく、石膏まみれになって、足の型を取ったりした。やがて、道はこの仕事を国内一番の会社にまで大きくしたが、それはずっと先のことである。その際に、道の右腕になったのが、姉のお沙希の三男であった。

文治は勉強を嫌い、高等小学校だけで学業を止め、工場へ勤めに出た。しゃにむに働き、資金を貯めて、事業を始めるつもりだという。山っ気のある、彼らしい考えであった。彼は、事業を興しては失敗し、また這い上がるという状況を何度も繰り返し、最終的には、大きな電器会社を興した。弟たちや甥をこのように独立させ、お與喜の肩の荷も一段落したのだった。

そんな、ある春の日、水野村でおばばさまの法事が行われることになった。お與喜は久しぶりに姉のお沙希を誘い、二人で出かけた。水野村は母親お礼の実家である。法事には叔母や従兄たちなど、大勢の親族が集まり、賑やかなことが好きだったおばばさまにふさわしい集まりであった。その席で、久しぶりに金之丞の話を聞いた。

彼は、苦労の末、アメリカで事業を起こし、中でもコーヒーや綿製品の卸などを手がけたので、今ではかなりの資産を築いたという。

「それでは、叔父さまはアメリカに永久に住まわれるおつもりなのでしょうか」

「それがさ、少なくとも五年以内には帰って来たいとの意向なのじゃよ」

兄の代わりにおばばさまの面倒を見てきた四男の銀四郎叔父が言う。この叔父は、金之丞の一番の理解者であった。彼のところには、金之丞から船便の手紙がしばしばやってくると言う。

「なんでも、一緒にアメリカへ渡った女子の具合が悪いそうなよ。金兄さまに、どこまでも従った方じゃったが、今度ばかりは故郷が恋しいと言うておられるとか。兄さまは、それで、思い切って事業を整理し、日本へ帰ってこられるおつもりだとか」

「まあ、そんなことが出来ますれば、嬉しいことでござりますなあ」

「まったくじゃ。夢のような話だけれど、そんなに思い切れるものであろうかな。まあ、いずれにしろ、事業の整理に時間がかかるじゃろう。少しくらいは、財産を日本へ持ち帰れるように工夫すると、言っておいでじゃ」

思いがけない話に、お與喜は心が浮き立った。夢を追いかけて旅立ったとしても、人はいつかは故郷に帰るのだろうか。もう二度と会えないと思っていた金之丞にまた会える日がやってくるとは。

法事のあと、お與喜は久しぶりに姉のお沙希を誘い、沓掛まで出かけた。元の家は、親戚のものに譲ってしまったため、もう戻れないが、お墓は残っている。ついでにお墓参りをしようと思い立ったのだ。久しぶりに山道を歩いていく。子供の頃はずいぶん遠いと思っていた道のりが思いのほか、近かった。

「姉さま、あの曲がり松が見えまする」

「え、あれが、曲がり松かん。えろうこんもりしておるでないかん」

曲がり松には幾重にも蔦の蔓が巻きついて、まるで着物を着ているように見えた。

「こんなに、蔓が巻きついておっては、栄養分を吸い取られてしまいますなあ」

お與喜は、側へ寄って、蔓を引き剥がそうとする。蔓は思いのほか、強く巻きついていた。

「蔦も、巻きつくことで生きておるのよ。自然のままにしておいたら、ええじゃないかん」

と、お沙希は娘時代そのままに優しいことを言う。

「あら、姉さま、そんなことを言うておったら、松が枯れてしまいますわん」

お與喜が蔓をすべて引き剥がすと、松はなにやら寒々しく、貧相に見えた。

「むかし、おまえが登っておったときよりも小さく感じるねえ」

「あら、本当。随分な大木のように思ったのに、わしらが小さかったのでござりましょうな」

「本当、わしらも歳を食ったものじゃわ」

ふたりは、曲がり松の側に近寄って、幹をなでた。

「でも、ちょっと登ってみたいわん」

お與喜は、よいしょと裾をはしょると、するすると登りだした。

「ちょっと、ようさま。馬鹿なことして」

下で慌てる姉に、お與喜は、さらに裾を捲り上げて見せる。

「ほら、大丈夫」

腰巻の下には、ちゃんと改良股引を穿いている。文治や道たちに縫ってやったものだ。お與喜は、昔、金之丞と登った瘤の位置まで登った。そこから、女郎が祠を見渡そうというつもりだった。

「おや」

高いところから眺めてみて、気がついた。ここ沓掛の山は昔から熊笹が生い茂り、黒々としているのに、はるか瀬戸のほうを眺めると、山がすかすかと空いて見える。木々が無残にも伐採され、山肌がむき出しになった箇所が点在していた。

「旦那さまがいつも言ってらっせる禿山状態というのは、こういうことなのかしら」

お與喜は増五郎が、いつもこぼしている、瀬戸町の砂防工事の遅れをはっきりと感じ取ることが出来た。そして、田舎町の小役人として働かなければならない、彼のあせりもわかるような気がした。増五郎は、新しい企画を考えることが好きである。そして、それを成功させるためには、努力を惜しまない。部下にはほかの分野の新人も、瀬戸町以外からの転入者も広く起用した。

だが、瀬戸町は陶器以外のことに関しては、きわめて保守的な町である。防災に関する工事は遅れに遅れている。彼の工事推進の意見はそれほど取り上げられなかった。

そんな中で、増五郎は、役人としての彼の声よりも、新愛知新聞に記事として掲載されている意見の方がはるかに有効であると気づいた。これからの社会において、新聞が果たす役割を痛感したのだった。

「もっと前線で働きたい。こんな田舎町は駄目だなあ」

彼の新聞社への憧れは大きくなる。日ごろは、瀬戸を離れられないと我慢しているが、酔うほどにほろりと本音が出る。その都度、お與喜は心が痛むのだった。

その5　故郷を離れる

増五郎の父親の銀二が死んだ。長男の借金のかたに「鳥銀」の店を取られたのだが、そのほかの土地、財産は、すでに妾のおまつの名義になっていたため、財産の没収は免れていた。三男である妾腹の外川銅吉は、財産をすべて自分の名義にした。父親の籍に入らない子供は彼だけだったので、彼としては、父親の財産を守るための苦肉の策だったのだが、その後、同腹の兄弟にすら何の分配もなく、兄弟じゅうから恨まれた。特に、異腹の兄、増五郎はこれをたいそう恨んでいた。金銭的にさほど執着のない増五郎だったが、この件に対してだけは、苦々しく思っていたのだった。銅吉は大規模な陶器工場を興して、成功していった。彼のおかげで、父親の銀二は老後をゆっくりと過ごすことができた。お與喜もその病床を度々訪れ、看病したが、昔のやり手とは思われない、静かな好々爺であった。

時代は大正になり、早三年、小役人の間で、働いている増五郎の胸に鬱々としたものが溜まっていった。

お與喜は、増五郎のところに時折、分厚い封書が送られてくるのに気づいた。それは、彼が東京の法律学校にいたときの先輩からのものだった。その先輩とはずっと付き合いが続いていて、実際、増五郎は季節の品を郵送したりして、親交を深めていたのだった。この先輩は、東京の新聞社に勤めている。新愛知新聞ともつながりが深かった。

「お仕事の誘いではないのかしら」

お與喜の胸に不安が過ぎる。この瀬戸町役場で修まる増五郎とは思えなかった。だが、増五郎は何も話さず、日にちばかりが過ぎた。

お與喜は思い切って増五郎に訊いてみた。

それによると、三河の豊橋で、十年ほど前に新愛知新聞の支局が立ち上がったのだが、そこをもっと拡張したいという計画があり、新しい支局長として来てもらえないかという誘いであるという。先輩を通して、再三申し入れがあるという。分厚い手紙には、先輩の熱意のある言葉が書かれている。その手紙は、何度も読み返されたらしく、ぼろぼろになっていた。

「旦那さまは、いらっしゃりたいのですね」

お與喜が訊くと、増五郎は素直に頷いた。

「新聞とは、面白くてやりがいのある仕事だと思うのだよ。これからは、野にあって、はっきりと自分の言葉で、意見を述べることが必要になる。それをやってみたいのだ。豊橋は、なかなか発展している町だ。しかも、新しく拡張される支局だ。未知の分野だが、働けばそれなりの成果が出ると思う」

増五郎の大きな瞳が、きらきらと少年のように輝いていた。思えば、ここ十年、彼の瞳がこんなにきれいに輝くことはなかった。だが、増五郎はすぐに瞳を曇らせた。

「だが、無理は言えない。せめて、一年だけでも行かせてもらえないものだろうか」

いつも夫として、お與喜に立てられ、えらそうに威張っている増五郎が、でっかい身体を小さくさせて言う。増五郎の望みを叶えてやりたいと、お與喜は思った。

「お心のままに、お行きなさいませ。旦那さまに向いているお仕事のような気がいたします。でも、お一人では行かせませぬ。わしも一緒に付いてまいりまする」

「なんと、この松本屋はどうするのだ」

増五郎が訊く。

「それには、妙案がございまする。実は、かねてから考えておりましたのですが」

お與喜は自分の考えを増五郎に話した。それは、ここ数年来、ずっと考え続けてきた案だった。姉のお沙希は子供三人を抱えて、未亡人になっている。長男の妻ではあったが、今は、義理の弟が後を継いでいるから、肩身の狭い存在である。現に彼女は母屋を弟夫婦に譲り、離れに移ってしまっている。経済的には心配ないとはいえ、そのようなひっそりとした生活は、陽気で人好きなお沙希には似合わない。お沙希にこの松本屋を継いでもらえないものだろうか。

「そりゃあ、お沙希義姉さんが、この店を引き受けてくれるなら、こんな安心することはないなあ」

増五郎も、この案に感心した。

「それで、義姉さんのお考えはどうかな」

「姉さまは、わしがあなたと共に行くことに賛成なのでござります。夫婦は離れていてはいけないと言われました。ご主人を亡くされた姉さまだから、言える言葉だと思います。幸い、正には良い嫁が来ましたし、道も一人前になりました。もはや、心残りはありません。お沙希姉さまは長女ですもの、松本屋を託しても安心です。それで、わしも覚悟いたしました。わしは、松本屋の娘という立場を捨てます。ただ、あなたの妻というだけで生きてまいりまする。どうぞ、わしを豊橋へお連れくださりませ」

「うん」

増五郎は、ただ、こっくりした。彼の瞳が濡れたように輝いていた。

お與喜は、初めて故郷を捨てた。増五郎の夢を叶えること、それが、一番の生きがいだった。

(金之丞叔父さま、わしもあなたと同じように、故郷を捨てます。あの芸者さんは、長い船旅の果て、遠い遠いアメリカまでも、あなたに付いて行かれました。それに比べれば、三河な

ど、何ほどのことがありましょう。増五郎さまが、おられるところ。そこが、お與喜の居場所なのです）

増五郎と、お與喜は豊橋に向かって出発した。

第五章　新しい土地で

その１　八丁通

お與喜は増五郎と一緒に豊橋に移り住んだ。豊橋は田舎町瀬戸と比べると、都会であった。その当時、第十五師団が置かれ、さらに歩兵十八連隊の本営があり、軍港として開け、繊維工業などの産業も発展した三河第一の都市であった。

大正二年に建てられたばかりの聖ハリストス教会を見たときには、お與喜はその夜眠られないほどに、感動した。それは、今までに見たことがないほどに可愛らしい木造の洋館で、まるで外国のおとぎ話から抜け出たような建物であった。大通りにも洋風の建造物が建てられ始めており、豊橋のこれからの発展がうかがえた。

新愛知新聞の豊橋支局は八丁通沿いにあり、間口の広い建物である。増五郎が局長として赴任する前には、小規模の支局であったが、その後人数も増員され、三河地方を代表する支局となった。

当時、新聞社の彼への待遇は破格であり、給料もさることながら、東八丁に社宅として用意された家は、瓦の乗った白い漆喰の塀にぐるりと取り囲まれた、結構なお屋敷であった。

「行ってらっしゃいませ」

お與喜は、毎朝表の門の外まで夫を見送る。そして、彼の姿がずっと先の曲がり角を曲がって見えなくなるまで、立ち続けるのであった。

「叔母御、今日のご用はないですかん。庭木の枝でも切りましょうか」

と、近寄ってきたのは、増五郎の甥の文治で、陽気な性格のくせに、叔父夫婦のいない瀬戸の松本屋には居づらいらしく、増五郎とお與喜について、豊橋にやってきた。書生兼居候である。増五郎としては、中学校か、実業学校へでも入ってもらいたかったのだが、コツコツ勉強するには向かない質らしく、高等小学校だけでやめてしまった。将来会社を立ち上げたいから、どこかの商会にでも見習いに行きたいと、夢とほらを混ぜこぜに語りながら、進むべき道を探している。堅実な松本屋の弟たちとは、異なった性格なのだが、どこか憎めない愛嬌があった。

「仕事は男衆の友さんに頼むからいいですわん。それよりも、何か将来に役立つ勉強はしておられるかね」

それでも、つい、注意をしてしまう。

「またまた、叔母御は説教さっせるか。やれやれだな」

文治はにやりと笑う。こういう笑いを彼がするときには、何かの計画が頭の中で持ち上がっているのが常なので、お與喜はこれ以上何も言わないことにした。

「お前ならずとも、わしも店の仕事がのうなって暇ですわ。北向こうの裁縫学校にでも、入れてもらって、勉強のし直しをしようかしらん」

東八丁の通りの北側には、立派な裁縫女学校が建っていた。豊橋の良家の子女が通っている学校である。

「えーっ。叔母御が同級生では、ほかの生徒が怖がらっせるでしょう」

「あれま、口の悪いこと。じゃあ、家でこっそり励むといたしまするか」

お與喜は瀬戸町にいた頃には、文具店を任され、弟妹の世話もして、家事本業ともに、忙しかったのだが、豊橋では完全に奥様待遇となった。この当時の慣習で、ばあやさんも庭仕事の男衆も当然のごとく手配され、すぐに雇うことができたので、家事も格段に楽になったのである。

豊橋は瀬戸と思うと、冬は暖かい。朝の凍えるような寒さはあまり感じない。その代わり、浜から吹いてくる風が強く、広い通りへ出ると、襦袢の中にまで冷風が突き刺さってくる。家の中はこの限りではないから、お與喜は家にこもって、得意のお裁縫に精出すことにした。ただ縫ってこしらえるだけでは飽き足らず、帯や半襟や手提げ袋などに刺繍を施したり、襦袢を色分けして染めてみたりした。

家の中でこっそりと手芸をしているつもりだったのだが、ここ豊橋は開けっ広げの気風の人が多く、奥様方の集いがかなり多かった。新聞は当時の文化を代表しているとみられていて、支局長夫人としても、多くの場に招かれることもあり、そのときの縁で、市長夫人とも親しくなった。この夫人が気さくな性格で、お與喜の半襟に刺繍した模様や襦袢の裾から垣間見える染め物の柄などをいち早く見つけ、配色の具合がいいとか、こんな風に自分で染め上げられるのは、美術の才能があるなどと、やたらほめてくれた。ほめられるとお與喜は嬉しくなり、つい、小物に刺繍などして、手土産として差し上げたりする。夫人は大げさに嬉しがり、知人にも吹聴したりして、お與喜の裁縫の技術が奥様方の間で話題となったのである。

刺繍を教えてほしいという奥様方まで現れ、お與喜は家で茶話会を催すこととなった。めいめいが刺繍などを持ち寄って、おしゃべりを楽しむ会である。お師匠さん待遇ではあまり恥ずかしいから、聞かれたら助言をするというだけにしてもらった。もちろん、会費などはいただかない。こんな会を家で催すのは、出しゃばりだと増五郎に反対されるかと、おっかなびっくり相談してみると、

「それはいい。ぜひ、おやりなさい。夫人たちだけの茶話会があってもいいではないか」

と、即座に賛成された。彼は仕事熱心で、何事にも体当たりなのだが、そのせいか、取材と親睦も兼ねて、すでに多くの業界人とも夜っぴて飲み歩いていた。その後ろめたさもあるのか、お與喜が豊橋の奥様方と付き合うのを良しとしたのであった。

初めは奥様方、豊橋ではむしろ名流ともいえる夫人のうち、仲の良い者だけで集まっていた。奥様方はそれぞれの名前を親しく呼んで付き合ったので、お與喜はここでも「ようさま」と呼ばれるようになった。

このように、新たな付き合いを始めたお與喜であったが、また、別世界の新たな仲間も受け入れなければならぬこととなった。

というのも、増五郎が主に仕事の付き合いで飲み歩く場合、そのお座敷には芸者衆が呼ばれ

る。彼は陽気な酒飲みで、料亭を変えて何軒も飲み歩き、次の場所へ行く場合、多くの芸者衆をぞろぞろと引き連れているのだが、途中でまた別の仲間と意気投合したりすると、初めの芸者衆が邪魔になり、それをみんなお與喜のもとに送りつけるのである。お與喜は、夫が家に送ってよこす多くの芸者衆に心づけをそれぞれ持たせたり、ねぎらいの言葉をかけたりして、お帰り願うのであった。このときの後始末の仕方が優しいとかで、お與喜は加藤支局長のごっさまとして、芸者衆からも慕われた。おまけに、彼女らがお與喜の半襟などをうらやましがり、刺繡やお裁縫を教えてほしいとねだられるようになった。何事にも、人を喜ばせることが好きなお與喜は、刺繡やお裁縫の手ほどきを断ることができず、小さな交わりの会は幾重にも広がっていった。

奥様方の集まりの中で、とりわけお與喜と仲良くなった奥様がいた。彼女は逓信局の局長夫人で、生粋の三河っ子である。二人は同じ年であり、彼女にも子供がいないせいか、共通の寂しさを感じていて、なんでも包み隠さず話し合う仲になった。お互いに「ようさま」「おさちさま」と名前で呼び合うようになった。

その彼女がある日、家に駆けこんできた。彼女はのんびりした性格で、あまり走ったりしないおっとりとした人だったのに、今日は様子が変わっている。

「ようさま、大変、大変」

「まあ、おさちさま、どうしなしたの。そんなに、息をはずませて」

大変大変と言って、駆け込んでくる人は、大抵が悲しい話を持ち込んでくるのだけれどと、少し身構える。

「とにかく、ちいと見過ごしちゃあ、おられん話を聞いてしまっただに」

彼女は屋敷町の中にある逓信局の官舎にいるのだが、特に一筋入った通りには、昔からお城の重臣のお屋敷が並んでいる一角があって、そこの一軒に岡田というお家があるというのである。

「ああ、岡田様なら、わしも聞いたことがありますわん。なんでも、奥様がとても美人で、新聞社主催の五十人美人の中にも選ばれたそうでござりまするな」

二年ほど前、豊橋支局では、読者の投票で選ばれた三河美人の写真展を開き、好評を博した。増五郎が赴任してすぐのことで、どうも彼の発案らしかったが、これは定かではない。このとき、大勢の芸者衆に交じって、ご大家の奥様が上位に選ばれて評判となった。小柄で柳腰の美しい方は、旧重臣の家の出身で、今は岡田夫人であった。

「そうそう、そのお良《りょう》さまのことですがやあ。近頃お子をお産みになったとかでのん」

「まあ、おめでたいことでござりますが」

「まあ、そんな、のんきなことを。真相知ったら、驚かっせるだけが」

おさちの説明を聞いて、さすがのお與喜も驚いた。おさちの話をかいつまんで言うとこうである。実は、岡田様は成金の実業家で、相当にお歳を召しているのに、若いお嬢さんのお良を後添いにしていた。彼女の実家が御一新後、生活のために家を手放したのだが、そこを買い戻してやったのだという。そこまでは世間によくある話である。とにかく、お良こと岡田のごっさまは、金銭的には玉の輿に乗ったのだが、運の悪いことに、二年ほど前に岡田様が中風でお倒れになり、ほとんど寝たきりの状態で、看病に追われることになった。その話を気の毒に思った知人が、ごっさまを五十人美人に推薦したのだとのこと。ごっさまの美人の評判は上がったが、それからすぐに、ごっさまは懐妊され、お子を産み落とされたという。

「大体が、よいよいのご主人との間にお子ができるのは誰でもあやしいと思うのは自然だで、のんほい。ほかの方のお子だという、もっぱらの評判だがやあ」

興奮のあまり、おさちの言葉は豊橋弁丸出しになってしまっている。

「まあ、そんな、悪い噂話を。おさちさまらしくもない。やめてちょうだいませ」

お與喜はこういった類の世間話は好きではない。こんな話をしている暇があったら、手芸に専念したいものだと思ってしまう。本来、おさちも、噂話を吹聴する質の女性ではなかった。和歌をたしなみ、いろいろな和歌集の話を教えてくれたりする。古今和歌集、万葉集はもとより、金槐和歌集なども教えてくれた。その理知的な彼女が魅力的に思われて、お與喜は仲良くなったのだが、今日、おさちは一歩も引かない。

「ようさま、それがやあ。赤ちゃんの薫子ちゃんの顔が、あまりにも加藤様にそっくりだという方がおりましてのん」

「えっ」と、お與喜は息をのむ。

「岡田様は、ああ、ようさまはお会いになったことがないでしょうから、わからんかやあ。失礼ながら、眠たげなネズミのような顔つきのお方ですに。お良さまは美しいが、やはり、目鼻立ちが小作りのちょっと寂し気で、儚げなお方。それなのに、間に生まれた薫子ちゃんは、目がぱっちりとして、小さな口もとのとても可愛らしい顔つきで、なんとなく加藤様に似ておられるという方々が多くおられますに」

「そ、そんな、わしは、うちの旦那さまを信じておりまするわん」

その場はきっぱりと否定したものの、心のどこかに一抹の不安は残った。増五郎に直接聞くのもはばかられ、二、三日考えあぐんでいると、おさちから、誘いがあった。

「毎日が寒くて困るわやあ。かといって、引きこもってばかりいるのも、辛気臭い。幸い、今日は二月の正月十四日(旧暦)、神明社の赤鬼祭りを見に参られませんかのん」

「え、はい。昨年は里の法事に出かけ、見損ねましたぞん。今年はぜひ行きたいものと思っておりましたわん」

そこで、お與喜はおさちに誘われるまま、出かけることにした。

安久美神戸神明社は八丁通にあって、非常に由諸正しい神社である。おさちの説明によると、天慶三年(九四〇)、平将門平定を記念して、朱雀天皇より伊勢神宮へ寄進された三河の国の飽海《あくみ》荘が始まりであるとのこと。飽海は今では安久美と書かれ、この地域「安久美」の「神戸（神領地）」に創建された神明社ということで、この名があるという。ちなみに神明社とは、天照皇太神を祀る神社である。ここの赤鬼の祭りは、平安時代から一年も欠かさず続けられているという。

神明社境内に入ると、さすがに豊橋では有名なお祭りらしく、大層な人出である。

「ほれほれ、ようさま。赤鬼が出てきましたやあ。しっかりとお見りん」

おさちが指さすところ、全身赤色の鬼が白の太い紐を体にかがり、虎の皮の褌を締めて出てきた。赤と銀色のだんだら巻きの撞木をかざし、顔には赤鬼のお面をかぶり、まっ赤な髪は後ろに長くなびいている。

次に出てくるのは天狗で、こちらは具足に身を固め、太刀をはき、侍烏帽子をかぶって、薙刀を持っている。顔には鼻高のお面をかぶっている。

「まあ、赤鬼さんは勢いがええこと。見甲斐がござりまするな」

「そうでしょう。ようさまに、ぜひお見せしたいと思っておっただに」

平安時代の田楽に由来するという、面白い赤鬼のからかいを天狗が成敗するというお祭りである。鬼と天狗の所作が面白く、見ていてわくわくする。

「鬼のほうが派手な動きでござりまするのう」

「ほりゃ、スサノオの化身とも言われておりますもの。横着いでのん」

「天狗さんは悠々としておられまするな」

「あれは、タヂカラオノミコトを表しているらしいですから、全ての災厄を収める神様でないかやあ」

赤鬼は再三挑戦するもかなわず、追い詰められる。このとき、赤鬼側についていた茶色の袴の若者たちが一斉に叫びだした。

「アーカーイ」と、口々に叫んで、二の鳥居まで逃げていく。赤足袋をはいた若者たちは、お供物のタンキリ飴を巻き散らして、氏子の町々を走り回る。アーカーイという叫び声が飛び交った。

「それ、ようさま。お前さまも拾いなされ」

おさちさまは子供のようにはしゃいで、巻き散らされたタンキリ飴をめざして、走り出した。ほかの者たちも一斉に動き出す。

「あれま、おさちさま。待って」

お與喜もつられて走り出し、大勢のごった返す中で、どんと誰かにぶつかった。

「あっ、旦那さま」

「お、お與喜か。お前も見物か。こんなごった返す中では危ないぞよ。気を付けて、後ろのほうに下がっておれ」

お與喜に注意しながら、増五郎の目があらぬ方を見ている。少し離れたところ、人がまばらな木の陰に、美しい柳腰の人が立っているのを、お與喜は見逃さなかった。きれいに丸髷を結い、小柄でほっそりとして嫋やかである。その人の目は増五郎にだけ注がれて、お祭りを見ていない。彼女を凝視するお與喜と目が合った。彼女はキッとした表情でこちらを見た。強い視線だ。微かに敵意が混じっている。そう気づいた途端、お與喜は寒気を感じ、胸がざわした。丸髷の人の後ろには若い女中さんがいて、赤ちゃんを抱いている。一歳半くらいの色の白い、可愛らしい子供である。とても大きな目がきらりと光った。あの目は見たことがある。そうだ、増五郎と同じ目だ！

その夜、お與喜は思い切って、岡田のごっさまのこと、特に赤ちゃんの薫子のことを増五郎に訊いてみた。すると、彼は悪びれもせず、答えるのだった。

「うん、そうなんだよ。薫子は俺の子なんだって。俺もこんなことになるとは思わなかったんだけどね。何だか、光源氏みたいな話でしょう」

あまりに、増五郎がけろりと答えるので、何だか気をそがれた。こんなことはお話の世界の中だけで、かえって、事実ではないような気がする。しかし、あの女の子の目は確かに、増五郎の目と全く同じだった。まさに、隠しようのない事実に思える。だが、この話は、微かに囁かれることはあっても、公にされることもなかった。薫子は、あくまでも岡田の家のお嬢様なのである。お與喜はしばらくこの話を忘れることに決めた。

その2　小栗風葉のことなど

このころ、増五郎が赴任して以来、好調であった新愛知新聞が伸び悩んでいた。増五郎は起死回生のいろいろな構想を試してみたが、その中に連載小説の作者を変えてみるというのがあった。

そのころ、東京で尾崎紅葉の門下であり、『続編金色夜叉』を書いたことでも有名だった小栗風葉が、故郷、豊橋に帰っているのに目を付けたのである。小栗風葉は一九〇五年に読売新聞に連載した『青春』が評判となったが、後に自然主義の台頭で、流れが変わり、隠遁生活をやむなくされていた。増五郎は彼の家に日参し、消極的になっていた彼に再び連載小説を書くように勧め続けた。酒豪でも有名だった風葉と彼は、連日料亭を梯子しては酒を飲み歩き、文学論を戦わせたりした。このときには、風葉の養子になった歳の離れた風葉の実弟も常に同席した。家族同様の親しい付き合いに、風葉の気持ちは高揚した。

大正六年十二月より翌七月まで、『恩愛』、七年七月より翌年二月まで、『花宴』が、新愛知新聞に連載された。この後、風葉は豊橋市内、花田町に新居を建て、それは九年に留月荘として、完成に至ったのであった。

増五郎と小栗風葉の交友関係は、その後、増五郎が新聞社をやめ、矢作水力に移ってからも、ずっと長く続いたのだった。

多額のお給料はいただいていたものの、毎晩大勢で飲み歩き、またほとんどが増五郎の支払いであったため、お給料のほとんどが飲み代に使われてしまい、生活費の捻出が難しくなった。お與喜は、こっそりと瀬戸へお金を借りに行く。行く先はほとんどが姉のお沙希の許であり、お沙希は何も訊かずに、いつもお金を貸してくれた。このころ、お沙希が主となった松本文具店は頂点を極めていた。役所、学校関係の事務用品を一手に扱い、品数も豊富であった。

気さくで陽気なお沙希は、奥の台所の竈に常時大鍋を準備し、そこでは煮味噌がぐつぐつと煮えていた。大きなお釜に白米も用意されている。役所や学校や、辺りの店の店員までがやってきて、勝手にご飯をよそい、煮味噌をかけて食べていく。それをお沙希は下がり目をいっそう細めて、嬉しそうに見守るのであった。

「姉さまはいつも気前がようございますねえ」

お與喜が言うと、お沙希が答える。

「ようさまだって、同じじゃないかん。人を楽しませるために、お金の工面ばかりしてござる。お前と、わしは姉妹でもよう似ていること」

そういえばそうである。周りのみんなに御馳走を振舞うのは、松本屋の伝統といってもよく、お與喜も瀬戸にいる頃、訪ねてくる誰彼となく、もてなすことが好きであった。豊橋へ行っても、これは変わりなく、増五郎が連れてくる部下の局員や、仕事にかかわる者たち、芸者衆にまで振舞っている。正月などには、玄関前に四斗樽の酒を常時おいて、訪ねてくる全ての者に振舞った。その費用は、主にお與喜が工面するのであった。

「いざというときは、いつも駆け込んで、助けてもらって申し訳ないことで」

謝るお與喜に、お沙希はさらに目を細めて答える。

「わしができることは、何だってしてあげる。お前は大事な妹じゃないかん」

故郷の瀬戸は、いつも温かかった。お與喜は、姉に感謝しながら、豊橋へと帰るのであった。


お與喜のお裁縫の手習い会兼お茶会は、大正六年ごろになると、下火になっていた。おさちなどの奥様方のお茶会はそれぞれの家を順番に回りつつ、のんびりと続いてはいたが、さすがに芸者衆の手習いは、彼女らの忙しさもあって、途絶えていた。彼女らは三味線、踊りの稽古に時間を多く費やすため、お裁縫に時間をつぶしてはいられないのだった。それも無理ないことと、お與喜はほっとするとともに、少し寂しさを覚えてもいた。

そこへ新たなお稽古を頼まれた。女学校か高等小学校を出た少女にお作法とお裁縫を指導してもらいたいというものであった。初めはおさちの姪で、呉服屋の娘さん二人だけにひっそりと、お裁縫を教えていた。少女たちと話していると、若さからくる生気が、お與喜を若返らせ、四十歳間近になって、少し、気分が落ち込んでいたお與喜も元気が蘇ってきた。

すると、また別の少女たちのお稽古を頼まれた。いつも増五郎が小栗風葉先生をもてなすときに使う料亭、といっても芸者置屋兼簡単な食事を出す料理屋で豊橋屋という店があった。風葉先生はここの亭主の魚料理が至極気に入っていて、ほかにもっと格上の料亭に行っても、最後にはここに落ち着くのであった。ここの娘と姪のお稽古を突然に頼まれたのであった。どうも、これは風葉先生のお世話やきであって、彼が酒の席で、みんなに増五郎の妻のお裁縫の腕が素晴らしいと、大げさに吹聴したものらしかった。

「どうするかね」

と、奥さんを説得するように頼まれた増五郎が訊いてくる。酒の席では相変わらず調子の良い増五郎がすでに請け合ってきたことなど、お與喜にはお見通しである。

「仕方ないですがね。若いお方は呑み込みも早く、教え甲斐がござりまするわ。お引き受けいたしましょう」

妻の承諾に増五郎はいつもの少年ぽい笑顔を見せた。

裁縫のお稽古は、半年前から来ていたおさちの姪の吉良屋呉服店の二人の姉妹、お壱とお次に加えて、新たに豊橋屋の娘織江と姪のお悦が加わることになった。

若い娘たちが四人も集まると、家の中が華やぐ。四人ともまだ十六歳前後の初々しいつぼみのような娘たちである。吉良屋の年子の娘たちは女学校を出て間がなく、おっとりしている。お壱は秋に嫁に行くことが決まっているそうで、花嫁修業のつもりで来ているから、真面目に仕事をこなすが、のんびり屋さんで手が遅い。お次は調子がよく楽しそうだが、しゃべりすぎて、すぐ手が止まる。お稽古のほうは、少々消極的である。二人とも育ちの良さからくる人の好さが顔つきにも表れていて、優しい娘たちである。まあ、基本だけぼちぼち覚えていけばいいのではないかと、お與喜は彼女たちの仕上げる速度に合わせて教えている。

半年前から始めたお壱とお次は、浴衣は卒業して、一重の木綿の着物を縫っている。

「ねえねえ、おばさま。吉良屋って名前、すごく嫌だと思われないだか」

お次が細い目を目いっぱい見開いて、訊いてくる。お與喜はみんなに先生とかお師匠さんとは呼ばせないで、おばさんと呼ばせていた。

「あら、吉良屋さんて、由緒正しそうなお名前だと思うけど」

「違いますよう。女学校へ行くとね、吉良上野介は悪役だからって、からかわれるだよ。つまらない屋号だに」

「でも、吉良様は三河では名君だという評判ではないですかん。誇りに思われねば」

などと、話をするのも楽しい。吉良屋の娘二人は、顔立ちもどこか姉のお沙希と自分に通じるところがあって、自然に愛しさを覚える生徒である。

「地元ではそうでも、お芝居にまで悪役として登場されたら、肩身が狭いわやあ」

「吉良様のようなご大家はうちの先祖ではないだら。うちは吉良に住んでいたから、吉良屋と名付けただけと思うわやあ。混同するのはおやめん」

姉妹は暢気に語り合って、手元がすぐにお留守になる。

こんな二人と比べると、豊橋屋の織江は、はしっこく、新しい知識を得るのに貪欲である。豊橋屋は今は芸者置屋兼、料理屋をやっているが、元は網元で、漁師たちを束ねていた家らしい。一人娘の織江はまだ女学校に通っていて、師範学校までも出たいと向学心を燃やしている。

「ねえ、おばさん。将来は女も職業を持って、男と肩を並べるべきだと思われませんか」

などと、大きな目をらんらんと輝かせて話しかけてくる。吉良屋の温和な娘たちは彼女の口ぶりにびっくりするが、織江は他人からどう見られようと、どこ吹く風である。色黒のあごのがっしりした顔で、少々上を向いた鼻に愛嬌がある。

「わたしは芸者置屋なんて継ぐのはごめんだわ。女性の敵だと思います」

と、最近女学校で議論を戦わせている話題を持ち出してくる。

「でも、お宅はお食事がおいしいと評判ですがね。お仕事の段取りをつけるためにも、そういうお食事処も必要とは思いますがね」

「おばさん。そんなに男の方を甘やかせてはいけないだよ。芸者置屋なんて女性差別も甚だしいわ。これからの女性は色で勝負するだけでなく、才能で勝負するべきです」

「ほりゃ、まあ。そう、できたらいいけどねえ」

「そうでしょ。おばさんは、やっぱり話がわかるお人だ。わたしは自分の能力で男の方と勝負したいの」

織江は高い声で気炎を上げる。

「アッ、痛いっ。手ばさみの先で、自分の指を突いちまっただ」

と、動作が荒っぽくておっちょこちょいでもある。

「それよりも、おばさん、お裁縫を習うのに、どうして、こんな古い着物のほどきから始めるんですかあ。学校じゃやりませんよう」

今度は唇を尖らせて抗議してくる。

「あのなも。着物をほどくときは、縫うのと順番が全く逆なんですわ。その手順を思い出しながら、縫うときの参考にすると、次に新しい着物を縫うとき、さっさと縫えますよ」

お與喜が説明すると、

「あっ、そうか。納得。おばさんはすごいやあ」

などと、素直に従うのも早い。おばさん、おばさんと始終話しかけ、少々小うるさい感じもするが、それはそれで可愛らしく思える。

それに反して、こくんとお辞儀をしただけで、ほとんど声も出さず、怒ったような顔つきで作業をこなしているのは、織江の従姉のお悦である。彼女は織江の父の姪にあたり、軍人であった父親が日露戦争で亡くなった後に、母親とともに豊橋屋の居候になったとのこと。高等小学校を出て、そのままお店の下働きを手伝っているという。お裁縫を習いに来たのも、どうも、織江に無理につき合わされているようで、不愛想なことこの上ない。織江のようにあけっぴろげな態度がないのは、それなりに苦労しているのだろうと思う。お輿喜は何かと話しかけてみることにする。

「お悦ちゃんはもくもくと励んでおられるのね。どれ、あらま、こんなに早く出来上がりましたかん」

「持ってきた着物はもうほどき終えてしまいましただ」

「あらま、もう三枚もほどかれたの。手が早いこと」

「わたし、頭は悪いけど仕事は早いんです」

「そんなことはないでしょ。すぐに手順を覚えてしまうなんて、大したもんだわ」

お悦は恥ずかしそうに、少し笑みを浮かべた。

「お悦ちゃんはね、気が向くことだと人の十倍も早いだら。いやと思うと知らんぷりして、何もしないだらよ」

と、織江がすっぱぬく。

「小学校でも何もしないのに、いつも成績が良かっただに。でも、関心がない科目は知らん顔してただ」

「いやだ。そんなことまで話すなんて。織江ちゃんは口軽女だ」

「そこまで言うことないだら」

と、二人はお互いを小突きあいながら、それでいて、さほどいやそうでもない。

「まあまあ、口げんかも仲のよい証拠だわね」

お與喜は赤いモスリンの布地をお悦に渡す。

「じゃあ、今度はこれで腰紐を作ってごらんなさい。これはね、モスリンと言ってね、絹や木綿ではなく、毛なんですよ。これで腰紐を作ると、よく締まっていいの。ほら、こういう風に細長く切ってね。縫い合わせたのをこう裏返す」

お悦はこっくりと頷くと、もくもくと紐を作り上げる。あっという間に一本縫い上げてしまう。格段に呑み込みが早く、手早かった。縫い目もとても整っている。

彼女は色が黒く、身なりもこだわっていないので、ほかの三人と比べると一見は地味である。大柄でがっちりした体つきは働き者の証拠だろうか。しかし、よく見ると、なかなかの美人である。目ははっきりとして大きく、鼻筋も整っている。口許はぽってりとしているが、キリリと結ばれている。細面ではなく、頬がふくよかなところも、ちょっと男好きのする顔ではないかなと、お與喜はひそかに思った。

「あのう、この紐、もっと多く作っていいですか」

「ええですよ。でも、たくさん作ってどうされるの」

「襷にもしたいし、おっかさんにもあげたいの」

お悦はいったん心を開くと、気持ちの良い声で話しだす。言葉の端々に、彼女が、夫を亡くし兄の家の居候となった母親を気遣っているのがよくわかった。

「じゃあ、お母様にはこの色の布地はどうかしらね。少し大人っぽい色でしょう」

と、藤色の布地を勧めると、白い歯を見せて笑った。

「おっかさん、きっと喜ぶだ。お師匠さん、ありがとう」

「あらま、おばさんでいいのよ。おばさんと呼んでちょうだい」

四人それぞれの個性を持つ、可愛い娘たちである。お與喜は自分の持っている知識、覚えてきた技術を惜しみなく彼女たちに分けてあげようと思う。このお裁縫の手習い会は、お與喜にとって、本当に楽しいものであった。

その3　裏切り

お與喜の家で開くお裁縫の手習い会は、大正七年になっても、続いていた。お壱が結婚間近になり、仲間の祝福を受けてやめると、また別の娘が複数加わったりして、常時七名ほどが集まっていた。

秋が深まってくる頃、お悦が突然にお稽古を続けて休んだ。彼女はお稽古にやってくる娘さんの中でもいちばん器用で、袷も自由に縫えるようになって、お裁縫が楽しくてたまらないと言っていたのに。織江に訊くと、最近胃の調子がよくないのか、吐いたりして寝込んでいるという。

「お悦ちゃん。しばらく休みたいと言っておられたの」

「あれま、心配なこと。お見舞いに行ったほうがええかしら」

「まあ、胃腸風邪が長引いているとは思いますけどが」

などと、話しているところに、逓信局長夫人のおさちが駆け込んできた。

「ようさま。ちょっと内密でお話したいことがあるでのん」

と、真剣な表情で言う。

「あら、おさちさま。どうしなしたの。そんな深刻そうなお顔しやあして」

「これが深刻でなくてなんですかやあ。ちょっと二人だけにしてはもらえませんかのんほい」

「ちょうど、お稽古は一段落して、今日はこれで終わりにして、お茶にしたいと思っていたところですわ」

「ああ、おばさん。大事なお話がおありなら、わたしたち、今日はこれで帰らせていただきます」

お與喜とおさちの話し合うところを見て、娘たちは気を利かせ、さっと帰って行った。

「ようさま、大変なことが起きましてのん。たまたま、主人が先方の亡くならしたお父様と軍隊でご一緒した縁で、知らぬ仲ではないからと、相談を受けたのでございます」

と、おさちがせき込んだように言う。

「はあ、何のことかなも」

「豊橋屋さんの姪御さんのことですわ。お稽古にいらしてた、お悦ちゃんのことだがね。今度は嫁入り前の娘じゃから、岡田様のときのように、知らぬ顔はできませんぞ」

と、おさちが話す内容はこうであった。

豊橋屋の亭主がおさちの家に来て話すには、お悦が妊娠した。相手は加藤増五郎氏であると言う。お悦を今後どう扱われるかを訊いてきてほしいとのこと。

「ええっ、それは本当のことですか」

「こんなこと、冗談では言えませんがやあ、ようさま、どうなさるかね」

「とにかく、主人に訊いてみますわ。それまでお返事は待ってちょうだいませ」

おさちを返して、お與喜は畳にへたり込んだ。

その夜、増五郎に訊くと、彼は素知らぬ顔をして、

「俺は知らないぞよ。相手は俺ではなかろう」

などと恍けている。お與喜とて、本当はそれを信じたかった。だが、お悦の気性をよくわかっているお與喜には、お悦が嘘で増五郎の名前を挙げたとは思えなかった。

そういえば、初めのころ、増五郎に会った途端、

「おばさんの旦那さまは素敵です。あんな方のお嫁さんになれたらいいのに」

などと、織江が声高に騒いだことがあった。あまりに大げさに素敵、素敵とはしゃぐので、お裁縫を習いに来ていた娘たちも大笑いした。そのとき、織江のことを恥ずかしがって、いか

にもいやそうな顔をしていたのは、お悦であった。彼女は叔父のところに同居しているという立場上からか、織江ほど天真爛漫ではなく、自分の気持ちを押し殺す傾向にあった。しかし、元来はきっぱりとして、一途な気性なのだと、お與喜は見ていた。

織江は恋愛小説などを手当たり次第に読みふけっていたから、素直に憧れを口にしたのだが、お悦はどうだったのだろう。

そういえば、夏ごろからだろうか、お悦の自分を見る目の中に、時折暗い、強い光を感じて、はっとたじろぐことがあった。あれは、いつかの赤鬼祭りの際に、岡田のごっさまが発した敵意と同じではなかったのか。お悦が自分に対して敵意など感ずるわけはない。気のせいと受け流していたのは、お與喜の鈍感さだったのか。

増五郎は三日ほど知らぬ顔を決め込んでいたが、

「お悦ちゃんの妊娠が本当ならば、そして、お前さまが身に覚えが一度でもおありならば、ほかのお方のことは考えられませんよ。お悦ちゃんは、ふしだらな子ではありませんもの。でも、本当に好きなお方のためなら、一途に突っ走る傾向はあります」

こうお與喜が言い放つと、ついに白状した。身に覚えがあったのである。

それから先が大変であった。おさち夫妻が間に入り、お悦の伯父の豊橋屋夫妻とお與喜の間で話し合いがあった。増五郎はすべてお與喜任せで出席せず、もちろん、お悦もその母親も顔を出さなかった。豊橋屋の主人夫婦は、お客様との間のことだから、すべて自分たちの落ち度である、そちらさまのお考えに従いますと、万事にへり下っていた。結局、大人たちが相談して取り決めたのは、赤ん坊は天からの授かりものゆえ、きちんと産ませる。そして、生後すぐにお與喜が引き取り、育てる。お悦はしかるべきところを見つけて、すぐに嫁入りさせるという結論であった。このことを、お悦は承諾したのか、また、内緒にされていたのか、お與喜にはわからない。ただ、豊橋屋の話では、お悦のおっかさんは承知したとのことであった。

お悦が赤ん坊を産むまでの間、お與喜はせっせと赤ん坊の肌着やおむつを作って準備した。お悦やそのおっかさんも準備しているだろうけれど、二重になっても構わないと思う。出来るだけ上物の生地を使って、産着などはすべて絹物で縫った。肌着やおむつなどもすべて上質の木綿を選んで作り上げた。お與喜がまだ娘だったころ、姉の子どもや弟たちの産着を縫ったときは、縫物の技術がまだ覚束なく苦労をしたものだが、息子の直太郎や姪の操のときには手慣れたものだった。今までにあまりに多くの身内の子どもの産着を縫ったので、いつしか裁縫上手と呼ばれるようになっていた。

実の息子の直太郎の産着を縫ったときは、嬉しくて、お腹の中の直太郎に話しかけながら、いっしょに作り上げた気がする。今回、そのときの嬉しい気持ちを久しぶりに思い出して、切ないような、それでいて幸せな気分になった。

いくら夫の種としても、他人が産む子の産着を作るのは、気が進まないだろうなと思っていたが、縫うほどに、自分のお腹に本当に増五郎の子どもが宿っているような気がしてきた。産むのは自分のように錯覚し、少し胃がむかむかするような、悪阻のような気持ち悪さも味わった。

「子供が来てから、豊橋で育てるのは、大変だろう。いくら嫁にやるとしても、お悦も子供の顔が見たいと、やってくるかもしれん。別の場所で育てることにしたらどうだろうね」

自分のことなのに、お與喜任せにして何も意見を述べず、何も動かなかった増五郎が、珍しく動いた。彼は名古屋に家を見つけてきたのである。金山駅のすぐ近く古澤町に手ごろな屋敷があったという。ばあやさんの手配までもしたそうで、様子を見に行ってみたら、やはり瓦屋根の乗った白い漆喰塀に取り囲まれた閑静なお屋敷であった。

「駅にも近いから、豊橋まで通うにもさほどの手間ではなさそうだ」

新聞局の仕事上、毎日通うのは大変だろうが、まあ、しばらくは仕方がないことである。お與喜は、赤ん坊が生まれたら、増五郎と別居してでも、名古屋に住むことを承諾した。とりあえずの引っ越しは、甥の文治が引き受けると言ってくれた。彼は先ごろ、織物業の仲買のような仕事に手を出していて、業績は順調であった。引っ越しには会社の若い衆を出してくれるということう。

豊橋屋が隣の町、豊川の御油というところに、家を借りていて、妊娠がはっきりとしてから、お悦と母親はそこで暮らしているそうである。お與喜はお悦の気持ちを推し量り、一度もその家は訪れなかった。ただ、日常に困らないような食品などは、折に触れ、届けさせた。

増五郎がそこへ通っていたかは定かではないが、この時期は新聞社の仕事も忙しく、加えて、小栗風葉も二作目の連載を続けていた頃だったので、足しげく通うというのは無理な相談であったろう。しかも、彼は、今度の件で、お悦を嫁にやることに賛成していたので、相当に自粛していたものと思われた。

とにかく、赤ん坊が無事に生まれること、それがいちばん大事であると、お與喜は思った。

そして、そのときが来た。

その４　誕生

お悦が産気づいたというので、お與喜は手拭い、前掛け、襷などを風呂敷に詰め込んで、かけつけた。目立たぬように、台所へ回る。お悦とは出来るだけ顔を合わさないつもりであった。

「お湯を沸かしましょうか。お釜はこれでようござりまするか」

お與喜が聞くと、お悦のおっかさんが、

「まあ、加藤様のごっさま。お手伝いまでしてくださるなんて、申し訳ないことで」

と、板の間に這いつくばった。

「余分な挨拶はいりませんよ。お産婆さんはもういりゃあしてるのかね」

「はい、とっくに。あの、初産でござりますでのん。どういたしましょう」

おっかさんは気弱につぶやく。

「大丈夫。お悦ちゃんはしっかりとした腰をしておられるし、身体も丈夫でしょう。案ずるより産むがやすしですぞな」

「そ、そう、思われますか」

「それでも、おっかさんはご心配でしょう。お悦ちゃんも心細いでしょう。お湯やきれいな布なんぞは、お引き受けしましたから。お前さまは傍についていてあげてくださりませ」

奥の畳の間からは、お悦の唸り声が聞こえている。加えてお産婆さんらしき声も聞こえてくる。

「はい、ぅーんと、気張りなされよ」

思えば懐かしい掛け声である。直太郎を産んだときの様子が蘇り、お與喜までもが、思わずうーんと力んでしまう。

軽そうとは言われているが、初産だから長引いている。お悦のいきむ声はまだまだ続いている。お悦の声に合わせて、こぶしを握り締めていると、自分が産んでいるような錯覚に陥った。そういえば、悪阻らしい気持ちの悪さも、立ちくらみも、以前にはついぞ味わったことのない体の変調であった。

わしが産んでおります。おとっさま、おっかさま、お與喜は今、増五郎さまのお子を産んでおります。と、心の中で囁く。

「ごっさま、大丈夫でございますか。汗をびっしょり掻いておられますぞな。ご気分が悪うならられたのかやあ」

と、豊橋屋の亭主が顔を覗き込む。

「いいえ、大丈夫でございまする。お湯は沸きましたか」

「へえ、大釜たっぷりに沸き上がりました。新しい水も、ほれ、そこの水瓶にあふれんばかりですわ」

そのとき、奥の産屋から、赤ん坊の泣き声が響いてきた。初めは少し小さく、そして、後からは大きく、とてもよく響く泣き声であった。

「良かった、良かった。生まれました。とても、可愛い女の子ですよ」

みんなの明るい声も響いている。

赤ん坊は八日目にお與喜の許に来た。豊橋屋夫妻を従えて、増五郎が人力車に乗って、おっかなびっくりで抱いてきたのである。生まれたとき、ちらと見た印象では、色黒でやせていて、栃糞《とちくそ》のような赤ん坊であった。ただ、小顔で目鼻立ちがはっきりしているから、将来は楽しみな美人になると、お産婆さんが手放しでほめていたのを覚えている。

お與喜が受け取った時点では、だいぶん赤ん坊らしく、肉付きも良くなっていた。乳がたっぷりとあったのだなと喜ぶ一方、急に乳を飲ませなくなると、乳房が張って苦しいのではないかと、お悦のことを思いやった。いくら、少女とはいえ、赤ん坊に対する愛情などもわいてはいただろうにと、可哀想になる。本当は自分が妻の座を明け渡して、三人で暮らせるようにしてあげたら、赤ん坊のためにはいちばん良かったのかもしれないと、思ってもみる。

でも、そうなると、自分は生きてはいけない。お與喜は誰よりも増五郎のことを愛しすぎていて、こんな勝手なことばかりしている彼だけれども、離れることなどできないのである。

「ごめんね、おっかさんと離してしまって。これからは、わしがお前のおっかさんだよ。命の限り、可愛がってあげる」

お與喜は赤ん坊に話しかける。赤ん坊はお與喜に抱かれると、かすかに唇を動かして、笑ったようにも思えた。急に愛おしさがあふれてきて、ぎゅっと抱きしめてみる。名前は朱鷺子《ときこ》と増五郎がつけた。

朱鷺子を列車で連れて行くのはまだ無理かと思い、十日ほど伸ばして、豊橋の家で面倒を見る。お亜以の娘の操に作ってやったように、重湯や、飴湯をやってみるが、なかなか飲まない。そのくせ、お腹がすくので、泣きだしたら止まらない。夜中に泣かれるのが何日も続くと、頭がくらくらして、目が回ってきた。自分が泣きたい。一人でおろおろしていると、おさちが大きな風呂敷包みを抱えて現れた。

「短期の乳母さんが見つからないと聞いて、心配しておりましたよ。運のいいことに、一昨年、和光堂から育児ミルクが出たと聞きましただ。駅前の薬局にあったから、思わず買ってきてしまいました。豊橋では扱っている薬局があまりないだらが、名古屋に行かれれば、もっと多いでしょうよ。手に入りやすいとは思うけどが」

と、出してくれたのは、和光堂の育児ミルク「キノミール」である。

「まあ、今では、こんな便利なものが出ているのですね」

思わず缶についている作り方などを読む。哺乳瓶で与えてみると、赤ん坊はごくごくと飲み始めた。

「まあ、助かりました。この子は重湯を飲まないので、どうしようかと心配していたところですわん」

こんな親切なおさちと別れるのはつらいし、赤ん坊には負担かもしれないが、思い切って半月後に、名古屋の古澤町に移り住んだ。列車の一等席を張り込み、そっと抱いて連れて行った。文治とおさちが親切にも付き添ってくれた。

古澤町に住んでからは、住み込みの親切なばあやさんが来てくれ、家事を手伝ってくれたので、ゆったりと朱鷺子を育てることができた。

朱鷺子は陽気な子であった。たまに泣いているときも、金山駅近くの踏切まで行って、汽車を見せると泣き止むのである。

「おかあちゃん」

と言って、小さな朱鷺子が首に縋り付いてくるとき、ぎゅっと抱きしめながら、お與喜は思う。これからの人生をこの子に捧げたい。命の限り愛して、立派に育て上げたい、と。

あとがき

この作品の主人公、お與喜のモデルは私の祖母である。彼女は一九八一年の九月十三日に死んだ。一八八〇年の四月一日の生まれであるから、百一歳の長寿を全うしたわけである。今でこそ百歳超えの長寿者も珍しくないが、三十六年前には大変珍しく、実際、彼女は九十四歳から瀬戸市の最高齢者の地位を七年間も守っていたのであった。

この話は、彼女が故郷の沓掛村（現在は瀬戸市掛川町）を離れて瀬戸村へ引っ越してから、三十歳半ばで夫について、豊橋へ出かけ、そののち、名古屋に移るまでのことである。初めは彼女の名前をさかさまにして、「お喜與の場合」として、同人誌「峠」に四回に分けて載せた。それを今回、少し書き直し、豊橋編を付け加えてみた。そして、やはり本名に戻すことにした。戸籍上は與記になっているが、もともとは與喜だったそうだがと、祖母が言っていたのを思い出し、「喜」の字を使うことにした。親戚のおばあさんたちが遊びに来るたびに、「ようさま」と呼ばれていたのを思い出し、やはり、ようさまの方が本人の印象に近いなと思った。

もちろん、中に書かれている話は、ほとんどがフィクションである。ただし、私はうっかり者で、全くのフィクションで作品を書くと、登場人物などを忘れてしまう。だから、忘れないためにも、ほとんどが実際の、お與喜の関係者を使っている。名前も当て字だが、読み方はほとんどがそのままである。ただし、祖母のいちばん下の弟だけは、今も立派な会社が残っているので、まるっきり違った名前に変えてみた。

與喜おばあちゃんは、記憶力はとてもいい人であったが、あまり、人のうわさ話や陰口を言う人ではなく、年を取るにつれ、人格者の度合いがますます高くなったから、詳しいことは聞きそびれてしまった。だから、ほとんどの話が、法事などで小耳にはさんだり、祖母のところに遊びに来る妹や従妹のお嫁さんなどを観察したりして、想像で書いたのである。勝手に事故を起こしたり、馬車に乗って、お芝居に行くことにしたり、私本人が楽しむことができた。お話の起伏を考えて、すごい悪者にしてしまった方もあるけれど、そういう方は存在自体もフィクションである。

実際、周囲の人たちを観察していると、フィクションよりも面白いことが多い。そして、その出来事は、その人間関係の中でこそ生まれる場合が多い。だから、その背景が楽しくて、細かい出来事すら愛おしい。物語の筋の中ではいらないかなと思っても、捨てがたいのである。そして、私の周りにいる人たちはほとんどが善人で性格も可愛い人たちなのである。だから、善人だけで話が面白くないときに、フィクションにする。悪者や不幸な人は実際には存在しない人なのである。このことをご理解いただいて、作品を読んでいただきたいと思っている。

今回、この作品を書くにあたり、峠の会の桑原恭子先生や、桑原加代子さんたち「峠」の同人の方たち、中部児童文学会の江川図彦先生に、温かく、ご指導いただきましたことを感謝申し上げます。また、今度の豊橋編を作成するにあたり、豊橋の史跡を案内して教えてくださった、うみのしほさん、本当にお世話になりました。彼女はこの作品に先立つ豊橋の物語「お稀世の場合」でも、方言の指導をしてくださいました。また、中部児童文学会の仲間の菅原朋子さんには、出版全般にわたって、適切なアドバイスをいただきました。

また、今回、本を製作するために、温かい励ましと、数々のヒントをくださったゆいぽおとの山本直子さんにも感謝申し上げます。

なお、表紙には、二十年前に亡くなった母親、加藤時子の絵を使用しました。まさに、祖母、母、娘の三代で作り上げた本になったと思います。

原　あやめ（はら　あやめ）

一九四七年生まれ。瀬戸市出身。名古屋大学文学部哲学科心理学専攻課程卒業。

一九八五年、「さと子が見たこと」で、第二十六回講談社児童文学新人賞受賞。

一九八六年、『さと子が見たこと』（講談社）出版。『幽霊が泣く学校』（偕成社）に「最後の訪問」、『愛知の童話』（リブリオ出版）に「お念仏ごっこ」所収。

「峠の会」同人。「中部児童文学会」会員。「おはなしのぼり窯」瀬戸児童文学の会、講師。

「ゆりが子どもだった頃　その1から3」「お稀世の場合」「木綿子四十五歳」「亀山氏はきわめて多忙」「亀山夫人はきわめておひま」「カラスなぜ騒ぐ」「金ブンは土中にうごめく」「だまされ上手」「老犬の飼い主は楚々として」「水鳥《みどり》駅のファンタジー」など、同人誌「峠」掲載。「銅鐸に乗って」「カクマ君は走り出した」など、「中部児童文学」掲載。

装画　加藤時子
装丁　小寺　剛（リンドバーグ）

ようさま

２０１７年９月13日　初版第１刷　発行

著　者　原　あやめ
発行者　ゆいぽおと
〒４６１‐０００１
名古屋市東区泉一丁目15‐23
電話　０５２（９５５）８０４６
ファクシミリ　０５２（９５５）８０４７
http://www.yuiport.co.jp/

発行所　ＫＴＣ中央出版
〒１１１‐００５１
東京都台東区蔵前二丁目14‐14

印刷・製本　モリモト印刷株式会社

内容に関するお問い合わせ、ご注文などは、すべて右記ゆいぽおとまでお願いします。

乱丁、落丁本はお取り替えいたします。


ISBN978-4-87758-466-5 C0093

ゆいぽおとでは、
ふつうの人が暮らしのなかで、
少し立ち止まって考えてみたくなることを大切にします。
テーマとなるのは、たとえば、いのち、自然、こども、歴史など。
長く読み継いでいってほしいこと、
いま残さなければ時代の谷間に消えていってしまうことを、
本というかたちをとおして読者に伝えていきます。